アイネクライネナハトムジーク

伊坂幸太郎

Eine kleine Nachtmusik

Kotaro Isaka

幻冬舎

アイネクライネナハトムジーク

装幀　bookwall
装画　TOMOVSKY

目次♪

アイネクライネ	5
ライトヘビー	45
ドクメンタ	87
ルックスライク	123
メイクアップ	167
ナハトムジーク	211
あとがき	284

アイネクライネ

「こういうアンケート調査ってさ、いまどきはインターネットとか使ったほうが手っ取り早いし、いいんじゃないの」目の前の中年男性はボールペンを握り、バインダーに挟まった紙に記入をしながら言った。

「痛いところを突きますね」僕は正直に答える。「うちの会社も普段は、街頭でアンケートなんてやらないんです」

「やっぱり何でも、ネットだよな。どうなのよ、ネット」男性は紙に書かれた設問に対し、丸印で答えていく。駅の西口にあるペデストリアンデッキに立ちはじめて三十分、回答に応じてくれたのは目の前の彼で二人目だった。前途多難、先行き不透明、負け戦の気配濃厚の作業だ。

「こうやって、年齢とか職業とか書くのって抵抗あるよなあ。俗に言う、個人情報でしょ」

「俗かどうかは別にして、その欄は会社員とかそういうアバウトな感じで、いいですから」

「にしても、抵抗あるよな」とペンを走らせ、はいよ、とバインダーを返してきた。「夜にこんな風にアンケート取るのも珍しいんじゃないの。普通、昼間だろ、昼間。どうなのよ、昼間」

さてはおじさん、暇ですね。立ち去ろうとしない男性に思わずそう言いたくなるが、ぐっとこらえた。「まあ、珍しいです」と返事をする。残業代も出ないので、仕事というよりは罰ゲームに近いですよ、と。

マーケットリサーチ、という単語はすでに、時代遅れの二枚目のような恥ずかしいものに思えるのだが、うちの会社の業務内容は大雑把に言えば、それだ。依頼された調査内容に合わせ、設問を用意し、回答サンプルを集め、計算や統計を行う。コップ半分の水を見て、「まだ半分もある」と述べることも、「もう半分しかない」と述べることも可能なように、情報や統計は見せ方により、どんなものの根拠にも使えるのだが、とにかく依頼主の意向になるべく沿った報告書を作る。

最近の、市場調査のやり方は大きく二つに分けられる。時代の流れに敏感な十代の女性に、放課後の部活動に近い感覚で部屋に集まってもらい、そこで商品やイベントに対する意見を求めるような方法と、インターネットの活用だ。うちの会社は後者専門だった。

街頭でアンケートを取るような古臭い手段を使うよりも、よっぽど効率的で、得られるサンプル数も桁《けた》が違う。依頼に合わせ、契約している会員にメールを送り、サイトを通じ、回答を入力してもらう。こんなに簡単で、どうなのよネット、と言いたくなるくらいには効率がいい。

ではどうして今の僕は、非効率的の権化《ごんげ》とも言える、街頭アンケートをしているのか？

答えは簡単だ。

ネット経由で集めた、せっかくのデータが消えたからだ。

もちろん、一般的に言って、データは簡単には消えない。データこそ会社の根幹であるから、情報のバックアップは毎日実施されるし、バックアップテープなる媒体にも半月に一度、記録がされ、それは鍵のかかった金庫に保管される。二重三重に手が打たれているわけだ。

では、どうして、そのデータが失われたのか？

これも答えは簡単だ。

いくら、厳重な手順を取り決め、システムにセキュリティを備えさせたところで、それを実施する人間が誤れば、うまくいくものもいかないからだ。

もちろん、そういったことがないように、信頼が置け、几帳面《きちょうめん》で、真面目《まじめ》な社員がシステム管理者に任命されている。

とはいえ、どんな人間も完璧《かんぺき》ではない。

担当者は三十代後半の、優秀な男性だった。いつも沈着冷静、仕事は堅実で、誰からも信用され、大切なデータを管理するには適任だと誰もが認めていたが、その誰もが、彼の妻が突然、娘を連れて家を出るとは、予想していなかった。

一昨日の深夜、サーバーのファームウェアの修復作業をしていた彼は、さようなら、のメール一通のみを残して去った妻のことにばかり気を取られ、おそらくは心のどこかで自暴自棄の思いもあったのだろう、作業中に机を蹴飛《けと》ばし、大声で何かを叫んだ。サーバーはさすがに重いため転がるようなことはなかったものの、隣に置いてあった棚が倒れ、サーバーのハードディスクが物理的に破損した。

あ、と横で共に作業をしていた二十七歳の後輩社員が動転のあまり、手を伸ばしたところ、たまたま手に持っていた缶コーヒーが零《こぼ》れ、直前にバックアップを取っていたはずのテープ媒体にかかった。見事なまでに濡《ぬ》れた。脇にあったマニュアルの上に缶を置いたため、丸く茶色の跡が残った。

妻に逃げられた先輩社員はその騒ぎには無関係に、ただ泣きじゃくり、二十七歳の後輩社員はその騒ぎに青褪《あおざ》め、二人ともしばらくは動けなかった。

ずいぶんしてから、二十七歳の後輩社員はどうにか正気を取り戻した。つまりそれが僕なのだけれど、僕は課長に電話をかけ、事の次第を説明した。別の社員を深夜の職場に呼び、対処をしてもらうことになった。

不幸中の幸いというべきか、金庫の中にしまってあったバックアップテープから、ほぼ九割方のデータは復旧できることが判明した。破損したサーバーは確かに修理が必要だったが、別の同機種がリースで借りられることも分かった。

「けどな」と言ったのは課長だった。「迷惑をかけたのは間違いないんだから、それなりに責任を取ってもらわないといけない。サーバーのメンテ中にコーヒーなんて、近くに置くなよ」

「置いてたんじゃなくて、持ってたんですよ」

「よけい、悪いよ」

というわけで、僕には、定時後に残業代なしの、アンケート作業が命じられたのだった。


♪

「じゃあ、ごくろうさん」アンケートに協力してくれた中年男性が立ち去っていく。

後ろ姿を眺めながら視線を動かす。空は薄い藍色《あいいろ》だった。ずいぶん寒くなってきた。コートが必要だったが、僕にはコートがなかった。デッキの上をさまざまな人たちが行き交っている。勤め帰りの会社員が多かったが、制服を着た高校生らしき姿もちらほらある。

目の前を、黒の薄手のコートを着た女性が歩いてきたので、「お忙しいところすみません」と声をかけてみる。

「急いでいるので」女性は、僕の顔に一瞥《いちべつ》をくれたものの、すぐに通り過ぎた。僕は短く謝罪の言葉を口にする。

仕事とはいえ、物腰柔らかく近づき、丁寧に声をかけ、乱暴に拒否されるうちに、自分がとてつもない嫌われ者に思えてくる。強い精神力が必要だったが、コート同様それも僕にはなかった。溜息《ためいき》をこらえ、じっと手のアンケート用紙を見る。

誰に声をかけようか、と見定めるつもりで通行人に目を向けた。誰も彼もが自分を避けていくように見える。群れるペンギンのようにたくさんいるにもかかわらず誰も彼もが素通りだ。

藤間《ふじま》さんのことを思い出した。優秀なシステム管理者で、妻に逃げられたことで動揺した、かの有名な藤間さんだ。一昨日の例の騒動の後、心労のためなのか藤間さんは、めったに取らないはずの有給休暇を取り、休んでいた。奥さんの帰ってこない家で眠っているほうが、身体《からだ》に悪いんじゃなかろうかと思わないでもなかったが、とにかく僕は、その藤間さんの分まで頑張らなくては、とそんな気分だった。

後ろで、わっと大きな声がした。振り返る。駅の構内に人だかりができていた。二十人ほどだろうか、会社員たちが、僕には背中を向ける形で立っている。彼らの正面には、少し見上げた角度の場所に、大きめの画面があった。

ボクシングだ。

今晩、日本人ボクサーが、ヘビー級のタイトルマッチをやるのだった。以前からずっと待ち望まれていた一戦で、社内でも生中継を観《み》たいがあまり、いそいそと退社する者がいた。そういえば、課長もそうだったんじゃないか。

中継を眺める人だかりが、駅の中にある。外にいる僕の場所からは、画面の一部しか見えなかったが、試合ははじまっていないようだとは窺《うかが》い知れた。

それから二十分、僕は十人ほどに声をかけたが、一人にも相手にされず、ますます落ち込みは酷《ひど》くなっていく。丁寧なナンパ師だと警戒されているのか、もしくは、怪しい商品勧誘だと思われているのか、どちらにせよ声をかけどもかけども、誰も協力してくれない。


正面から歩いてきた彼女は小柄とも大柄とも言えない体格だった。髪を上げ、束ねているのが似合っていたが、服装はといえば地味な灰色のスーツで、俯《うつむ》き気味に歩いている。

自分の数メートル前までやってきたところで、「お忙しいところ、すみません」と呼び止めた。「はい？」彼女が立ち止まってくれたことにほっとしつつ、アンケート依頼の趣旨と自分の会社の説明を素早く話す。逃げないでください、逃げないでください、と内心では必死に唱えた。

一通り話を聞いたところで彼女は、「いいですよ」と顔を上げ、うなずいた。嬉々《きき》として、という雰囲気ではなかったが渋々な気配もなかった。

それまでの連敗続きの状態から、今回も当然、断られるものだと思い込んでいたので、「え、いいんですか？」と僕は聞き返した。

「え、だめですか？」

「いいえ、本当にありがとうございます」

彼女がアンケート用紙に記入を行っている間、僕はただ立っていた。記入内容をじろじろ見るわけにはいかないし、世間話をするわけにもいかない。拒否ばかりされていた自分が、ようやく誰かに受け入れられた、そういった安堵《あんど》が身体を包んでいたのは確かで、肩に入っていた力が抜けた。

バインダーを持った彼女の手を見ていると、その親指を、手首のほうへ下がったあたりの肌に、「シャンプー」とマジックで書いてあるのが目に入り、特段、何かの感慨があったわけでもないが、思わず、「シャンプー」と僕は音読してしまう。

「あ」彼女は自分の手首を見て、「今日、安いんですよ。忘れないように」と小さい声で説明した。恥ずかしがるわけでもなく、淡々としていて、その様子が少し可笑《おか》しかった。

手首から目を逸《そ》らすと、今度は、彼女のバッグに視線が行く。

有名ブランドの大きなロゴがついていた。高いんだろうな、と思った。中には携帯電話が入っており、そのストラップに僕の見たこともない人形がぶら下がっている。アニメの登場人物なのだろうか、宇宙飛行士のできそこないのような、ぱっとしない造型で、こんなものが有名なキャラクターなのか、まさかね、と思っていたが、するとそこで、「この職業欄って」と彼女が用紙をこちらに向け、指差してきた。

「あ、曖昧《あいまい》な感じでいいです。会社員とか、学生とか」

「今、仕事を探してるんですけど」彼女は淡々と言い、自分の襟元《えりもと》を触った。その地味な上着は、面接を受けるために着たものかもしれなかった。ちらっと年齢欄を見やれば、僕と同じ歳《とし》が記されていたから、就職活動中の学生というわけではないのだろう。

「バイトとかしてますか？」

「フリーターって書いちゃって、いいんですか？」彼女が言う。

「ぜんぜん問題ありません」

彼女は、フリーター、としっかりとした字で書き、「はい」とこちらへバインダーを戻した。

僕は礼を言う。

「立ってる仕事って大変ですよね」彼女が慰めとも世間話ともつかない言葉を口にした。

「ですね」と僕は、不意打ちのあまり正直な思いを漏らしたが、すぐに、「もちろん、座りっぱなしもきっと大変だと思うけど」と付け足した。自分の仕事が一番大変だ、と考えるような人間は好きではなかった。

「ああ、ですね」

「です」

彼女は特に笑いもせず、かと言ってむっとしたわけでもなく、頭を軽く下げた。駅構内に入っていった。

記入してもらった用紙を鞄《かばん》の中にしまい、よし、と僕は思った。こうやって、少しずつ成果を上げていけばどうにかなるのではないか、と自信を得た。もしかすると、今の彼女が呼び水となり、これから事態は好転するのではないか、と安直なことまで考えたのだが、これが驚くことに、実際、そうなった。

前を背広姿の男性が通りかかり、「アンケートに協力していただけますか」と声をかけると、「お、いいよ」と彼は立ち止まった。「暇なんだよ」

それが終わるとちょうど良いタイミングで女性二人がやってきて、これも依頼を快く受けてくれる。

その後も、全戦全勝とまではいかなかったが、それなりの好調さをもって、僕は仕事をこなしていき、気づけばずいぶんと時間が過ぎていた。

ボクシングはどうなったのだろう、と思う余裕さえ生まれた。

駅構内に目をやる。ずいぶんと人が増え、彼らがいちように興奮しているのが見て取れた。良い試合なのかもしれない。

僕は、回答をもらったアンケート用紙の束に触れ、それなりの成果に満足したからというわけでもないが、このあたりで一休みしても良いだろうと入り口をくぐり、駅の中に足を踏み入れた。

画面では、トランクス姿の選手二人が打ち合っていた。

構内出入り口の脇に背をつけ、その試合を眺める。

赤のグラブの外国人チャンピオンが右の拳《こぶし》を振り、青のグラブの日本人挑戦者がそれをのけぞるように躱《かわ》す。世界ヘビー級タイトルマッチだけあり、二人ともとても体格が良かったし、さらには映し出す画面自体も大きかったので、飛び散る汗がこちらにかかるような錯覚を受けるほど、臨場感がある。

赤の左グラブが下から鋭くえぐるように飛び出し、青のグラブがそれを腕で受けた。それも束《つか》の間《ま》、すぐに青の左グラブが、チャンピオンの顔を狙う。チャンピオンは頭を低くして、避《よ》ける。打ち返す。避ける。打ち返す。ガードが弾《はじ》く。打つ。打つ。汗が飛沫《しぶき》となって、飛ぶ。

体格には不釣合いなほどの、スピード感溢れる動きに、見入ってしまう。

画面を見上げる人々の背中も緊張で強張《こわば》っていた。誰もが我を忘れ、瞬きすら恐れ、試合を見つめている。国内のあちこちでさまざまな人が、この試合をいろいろな思いで観戦しているのかと考えると壮大なドラマに参加している気分にもなった。この試合の結果により、仕事に影響を受ける人もいるだろうし、もしかすると、プロポーズに踏み切る勇気を得よう、と期待している他力本願の人もいるかもしれない。

ボクサーの動きに釣られるかのように、自らの身体を左右に揺すっている者が何人かいる。

先ほどの彼女が見えた。僕の仕事を好転させるきっかけとなってくれた、ブランドバッグを持った、シャンプーを買う予定の、彼女だ。

人の集まっているちょうど左端あたりで、首を傾け、立っていた。先ほどからずいぶんと時間が経《た》っていたから、あそこで観はじめたら、立ち去ることができなくなったのかもしれない。

彼女の両手が、ぎゅっと拳を作っている。ずいぶん距離が離れているのに、僕にはそれが分かった。その拳を無意識に揺すっている。横顔が少しだけ見える。

ラウンドの終わる直前、チャンピオンがリングに倒れた。青の選手のストレートが、顎に入ったのだ。駅構内に歓声が沸き、それはほとんどうねりをつくるどよめきだったのだが、大半の人間が万歳をした。

視線の先の彼女も一瞬、右腕を上げかけたが、その拳に自ら気づき、照れるような顔になるとそのまま、左方向へと消えた。

♪

翌週の日曜日、久しぶりに織田《おだ》一真《かずま》のマンションに行った。織田夫妻は共に、僕の大学生時代の友人だった。共通の友人の披露宴が近々あり、その二次会の打ち合わせをするために訪れたのだが、実際、打ち合わせと言っても店を決めることくらいが主な内容で、大半は結局、雑談に過ぎない。

「由美さんも二次会出るの？」僕は、台所で皿を洗っている織田由美《ゆみ》に訊《たず》ねる。

「うーん、行きたいんだけど」彼女が笑う。「でも、ちびっこいのが二人もいるからねえ」と居間のカーペットで眠る娘、美緒《みお》ちゃんに眼差《まなざ》しを向けた。

織田一真と彼女が結婚に踏み切り、揃《そろ》って大学を中退したのは二十一歳の時だったから、早いものでもう六歳、来年は小学生になる。可愛《かわい》らしい顔をし、瞼《まぶた》を閉じていた。睫《まつげ》が長い。隣の和室の布団には、去年生まれたばかりの息子が眠っている。

「そりゃそうだろ。由美は子供の面倒見なきゃいけねえって」と当然のように、僕の前に座る織田一真がうなずいた。「俺が代表して、お祝いしてくっから」

「わたしもたまには、飲みにとか行きたいんだけどねえ」織田由美は長く息を吐き、笑った。

「やっぱり、行けないよね」僕は、カーペット上の置物と化した美緒ちゃんを見る。それから、再び織田由美を眺め、相変わらず綺麗《きれい》だなあ、と感心する。目が切れ長で、鼻筋も通っていた。二児の母親とはとうてい思えない。

「毎日、二人を保育園に連れていって、会社に行って、また保育園に迎えにいって、ってそれだけだからね。あとは、病院。病院を行ったり来たり。毎日、お手玉しながら生活してる感じで、気が抜けないんだから。たまにはさ、夜の街に繰り出したいよ」と織田由美が冗談まじりに嘆く。

「たまにはいいと思うけどね」

「でもさ、どこかの旦那がぜんぜん、協力的じゃないからねえ」

「どこかの旦那」と僕は、織田一真を指差すが、彼は気にかけることもなく、「まあな」と胸を張るだけだった。

「何が、まあな、なのか全然わかんないし」織田由美が達観した言い方をする。

テーブルの下に物が落ちているのを見つけ、僕は手を伸ばし、拾い上げた。ＤＶＤの箱だったが、パッケージに堂々と女性の裸が載っているので、ぎょっとし、落としそうになる。どこからどう見ても、由緒正しい、アダルトＤＶＤだった。

「あ、それ、片付け忘れたんだ」台所から織田由美がやってきて、僕からそのＤＶＤを取り上げると、奥の棚にしまった。「この人、絶対、物を片付けないから」

「まあな」

「そういうＤＶＤって、由美さんも観るわけ」

「まさか。というか、この人がいつ観てるのかも謎《なぞ》だけど」

「まあな」

「子供の教育上、どうなんだよ」僕は、赤いパジャマ姿の美緒ちゃんに視線をやる。

「教育上、いいじゃんか。女の裸、綺麗だし」織田一真は余裕を浮かべ、答える。

「そういうものなのか？」

「そういうもんじゃないよ、絶対」織田由美が冷たく言う。

「大丈夫だよ、清純な感じのやつばっかりなんだから」織田一真は缶ビールを寄越してきた。僕はそれを受け取り、「そうか」となぜか納得したような返事をした。「ハードなのはないんだな」

「ハードなのはちゃんと隠してる」

「それなら、全部、隠しておけよ」

「ほんと、呆《あき》れるよね。謎すぎる」織田由美が溜息を吐《つ》き、そして僕の前のソファの、織田一真の隣に腰掛けた。娘の寝顔を見て、安心したような笑顔を見せた。なるほどやっぱり、彼女は、母親なんだよな、と僕は改めて認識した。

大学時代、織田由美は、当時は結婚前であったから、加藤由美であったのだが、その加藤由美は、同級生の中ではかなり人気があった。他の女子生徒と比べても、ひときわ魅力を放っていた。男子生徒たちの大半は、彼女と交際したいと、ある者は公然と、ある者は密やかに、その想いを膨らませていた。僕も、他の友人たちの例に漏れず、外見はもちろんのこと、いつも穏やかで、驕《おご》ったところもなければ、人を蔑《ないがし》ろにすることもない彼女に好意を抱いていたのだけれど、実際、自分が恋人に立候補したいかと言えば、それはそんなことが実現すれば幸せだろうが、宝くじの一等を期待するのと似た非現実的なものに感じていたので、どちらかと言えばただ見惚《みと》れるだけで、ようするにファンの一人に過ぎなかった。

彼女が、織田一真と交際をはじめたきっかけは誰も知らなかった。サッカーで言えば、密集したゴール前にどういうわけかぽっかりとスペースが空き、そこに飛び込んできた気紛《きまぐ》れなストライカーが点を決める、そんな具合に、織田一真は交際をはじめていた。あんなに必死に警戒していたのに、とディフェンス陣は、僕も含めて唖然《あぜん》とした。

ただ面白いことに、多くの男子生徒には、失恋の衝撃に打ち沈む気配はあまりなく、「まあ、織田なら大丈夫だろう」というような安心感のほうが強く漂っていた。「織田は確かに二枚目の部類ではあるが、その二枚目度合いを相殺《そうさい》してあまりあるほどに、変わった性格であるし、長いこと、彼女を繋《つな》ぎとめられるわけがない」と誰もが感じていたのだ。インフルエンザに罹《かか》らないために、弱いウィルスを体内に入れるという予防接種の理論ではないが、他の手強《てごわ》い男と交際されるよりは、織田一真を彼氏として宛《あて》がっておくほうがいいのではないか、と感じていた可能性もある。

　まさか、その翌年に、彼女に子供ができるとは誰も予想していなかった。

「結婚する」と織田一真が、僕に言ったのは、大学三年の夏のテストが終わった直後だった。

「まだみんなには言ってねえけどさ」

　僕は、織田一真とは比較的、仲が良く、彼の無軌道ながらあっけらかんとした性格が嫌いではなかったので、あまり不快感は覚えなかった。ただ、「だから、俺、大学辞めて、働こうと思うんだよ。もともと、学校好きじゃねえし」と言ってきたことには、反対した。これから彼女と暮らし、子供を育てるつもりなら、大学を卒業し、安定した仕事に就くべきではないか、と。すると彼は、「安定した仕事って何だよ」と軽やかに言い、実はよ今、バイトしてる居酒屋がチェーン店を出すんだけど、店長になれそうなんだよ、と嬉々と話しはじめた。

「彼女はどうするわけ」

「まあ、子供産むしな、学校辞めて、後は、まあ、どっかでパートとかバイトで働くってよ」

　校内の男子生徒は状況が明らかになるにつれ、ある者は公然と、ある者は密やかに、呪《のろ》いとも怒りともつかない思いを投げつけたが、織田たちは臆《おく》することも恥じることも威張ることもなく、大学をあっさり辞め、結婚生活をはじめた。何人かの男子生徒は、どうせ織田一真がまともな結婚生活を続けられるわけがないのだから、いずれ離婚する時が来るだろう、その暁《あかつき》には俺が、彼女を支え、子供を含めて、守っていくのだ、と表明していたが、彼らが別れることはないだろう、と僕はなぜか確信していた。

「出会いがあればいいね」織田由美が言って、僕は、「え」と聞き返した。「出会い？」

「披露宴の二次会、二次会。あれ、佐藤君って今、彼女いたんだっけ？」と僕を指差す。

「いねーよ、いねーよ。こいつは前の彼女と別れてから、いまだにソロ活動中なんだよ」織田一真はまるで、僕の保護者かマネージャーになったかのような言い方をするが、まあ、その通りではあったので、言い返す言葉に困った。

「なかなか、出会いがなくて」と僕が言うと、織田一真はとても怒った。

「俺、出会いがないって理由が一番嫌いなんだよ。何だよ、出会いって。知らねーよ、そんなの」

「だって、ないんだから仕方がないだろ。毎日、会社に行って、帰ってくるだけだ」

「じゃあ、訊《き》くけどな。出会いって何だ」

「出会いとは、出会いだ」

「ようするに、外見が良くて、性格もおまえの好みで、年齢もそこそこ、しかもなぜか彼氏がいない女が、自分の目の前に現われてこねえかな、ってそういうことだろ？」

違う、と言いかけて、僕は言葉に詰まる。まあ、言われてみればそうかも、と思わないでもなかった。

「そんな都合のいいことなんて、あるわけねーんだよ。しかも、その女が、おまえのことを気に入って、できれば、趣味も似ていればいいな、なんてな、ありえねえよ。どんな確率だよ。ドラえもんが僕の机から出てこないかな、ってのと一緒だろうが」

「あのさ、どうして、そうゆう夢のないことを言うわけ？　いいじゃん。あるかもしれないじゃん。そういう出会いが」織田由美は優しい。

「あのな」織田一真は教え諭《さと》すようだった。「出会い系、って堂々と名乗ってる、出会い系サイトですら、めったに出会えねーんだぞ」

「それはまた、別の話だろうに」僕はかろうじて、そう批判した。

「じゃあ、おまえの言う理想の出会い方を言ってみろよ、佐藤」

「見下し目線だなあ」と僕は苦々しく顔を歪《ゆが》めるほかないが、とりあえず、「まあ、どうせなら、劇的なのがいいね」と言った。若干、照れもした。

「出た」織田一真がさっそく言う。「出たよ、劇的な出会い。出ました、劇的な瞬間」

「悪いかよ」

「それはあれだろ、たとえば、街を歩いている時にすれ違った女が、ハンカチを落として、たまたま通りかかったおまえが、それを拾って、でもって、『これ、落としましたよ』『どうもありがとう。お礼にお茶でも』みたいなやつだろ。なあ。そういう、ベタベタなやつだろ」

「まあ、それでもいいよ」僕は吐き捨てる。

「いいじゃない、それで」織田由美も言う。

「ねえよ、そんなの。まあ、あったとしてもな、最初は、これは運命だ、なんて盛り上がるかもしれねえけど、その女がどれだけ素晴らしい女かどうかなんて、分かんねえじゃねえか。逆もそうだよ。その女にとって、おまえがどれだけ相性がいいか、なんてその時には分からねえわけだからな。そんなの後にならねえと分かんねえだろ？　劇的な出会いにばっかり目が行ってると、もっと大事なことがうやむやになるんだよ」

「出会い撲滅運動でもすればいいじゃない」織田由美が煩《わずら》わしそうに言う。「っていうか、結局、何が言いたいわけ？」

「うるせーな」織田一真は顔を一瞬しかめたが、その後で、「俺は思うんだけどな」と続けた。「出会い方とかそういうのはどうでもいいんだよ」

どんな出会いがいいか、っておまえが質問してきたんじゃないか、と僕は苦情を言うが、無視された。

「いいか、後になって、『あの時、あそこにいたのが彼女で本当に良かった』って幸運に感謝できるようなのが、一番幸せなんだよ」織田一真は言った。

「何それ、どういうこと？」僕は缶ビールを飲み干した後で、身を乗り出す。

「うまく言えねえけど、たとえば、さっきの話だと、ハンカチ落として、拾ったら、出会っちまうわけだろ。で、その、ハンカチ落としたのが別の女でも、付き合ってるだろ」

「そうかなあ」

「そりゃそうだって。劇的な出会いにうっとりしてるんだからな。ってことはだ、その時の相手が誰なのか、ってのは、運不運なんだよ、結局。ハンカチが落ちることよりも、後になって、『あの時、あれがあの子で、俺は本当に助かった』って思えるのが一番凄《すご》いことなんだよ。だろ？」

僕は、織田一真の言葉を聞いて、少し黙った。織田由美もそうだった。感銘を受けたわけでも、納得したわけでもなく、単にコメントするのが面倒になったのだ。

「あのさ、言ってること支離滅裂だよ」織田由美が、旦那に向かって眉をひそめた。「何が言いたいのかさっぱり分からない」

「確かに分からない」と僕もそれは思った。

「うるせえな」織田一真は下唇を出す。「もっと簡単に言えばよ、自分がどの子を好きになるかなんて、分かんねえだろ。だから、『自分が好きになったのが、この女の子で良かった。俺、ナイス判断だったな』って後で思えるような出会いが最高だ、ってことだ」

「簡単に言えてないよ」織田由美が苦笑する。「結局さ、出会いはあるわけ、ないわけ？　あったほうがいいわけ？」

織田一真はおそらく、自分の発言の意図を見失っていたのだろう、彼女の質問をあっさりと聞き流し、「あのさ、おまえの好きな女のタイプってどんなの？」と僕に顎を向ける。

急に質問を投げられ、たじろいだ。「どんなんだろ」

「俺が知るかよ」

「まあ、ちゃんとやることやって、普通に生活してる人がいい」

「やることやるって、エロいほうの話か」

「エロいほうの話を含めてもいいけどさ」半ば投げやりに僕は言う。どうして、そういう発想になるのだ。「仕事とか、家のこととか、そういうのだよ。愚痴を言わず、威張りもしない。それで、やるべきことをやる人って、いいじゃないか」

「外見は？」

「そりゃ、外見は可愛いほうがいい」

「自分を棚に上げてるよな」織田一真は遠慮ない。「身の程を知れ、身の程を」

「俺の友達に、身の程を超えて、いい女との交際に成功した奴《やつ》がいるからな。ディフェンスの穴を突くみたいにしてさ。しかも結婚までした。だから、俺にもそういう幸運があるんじゃないかって思ってるんだ」

ふーん、と織田一真は興味なさそうに首を揺すり、そんな奴がいるのか羨《うらや》ましいな、と言った。

「ママ」美緒ちゃんがそこで唐突に起きた。ぜんまい仕掛けで動きはじめたかのような、突然さだった。「トイレ」と半分瞼が下がったまま、立ち上がる。

「はいはい」織田由美はすぐにトイレへと、美緒ちゃんを連れて、歩いていく。僕はその様子を目で追う。来年、小学生になるとはいっても、夜のトイレが怖いのか。

不思議なものだな、とまた思う。

大学で最初に彼女を目撃した時、この女性はきっと、眩《まばゆ》いばかりの人生を送っていくんだろうな、と僕は思った。美しく性格が良い女性はきっとそうなんだろうと憧憬《しょうけい》すら感じながら、想像したのだ。こちらの勝手な思い込み、偏見に近かったが、とにかく、やっかみや皮肉はなく、そう思った。

その彼女が二十一歳で結婚し、今や六歳の娘と一歳三ヶ月の息子を抱え、旦那のエロDVDを片付けつつ、夜になれば子供のトイレに付き添って、「わたしも、久しぶりに飲みに行きたいものだ」と小さな望みを口にしているとは、信じがたかった。それが悪い、というわけではない。ただ、かなり意外だった。

「うん？　どうかした？」居間に戻ってきた織田由美が、感慨深く眺める僕の視線に気づく。

「いや、俺たちの憧れだった、由美さんがもう、立派なママなんだな、と」

「憧れだったかどうか、立派かどうかも分かんないけどな」と織田一真が言ってくる。

「ひどいと思わない？　こういう言い方」彼女が口を尖《とが》らせる。「この間なんてさ、わたし、財布落としちゃったんだよ。美緒を病院に連れていって、スーパー寄って、帰ってくる時にさ」

「大変だ」僕はすぐ、同情した。

「でしょ。でさ、一応、この人にも伝えてやろうと思って、メールで教えたんだけど、そうしたら、何て返事打ってきたと思う？」

「何て打ったっけ？」織田一真はすでに忘れているご様子だった。

「『何、落としてんの？　超うけるんだけど』だって」

「何それ」

織田一真は嬉《うれ》しそうに、声を立てた。「俺、面白えな。さすがだ」

「信じらんないよ」織田由美は眉を下げ、肩を上げた。

「信じらんないね」僕は本心から言った。

美緒ちゃんを隣の和室の布団に寝かしつけた後、織田由美が、「この間ね」と僕に話した。「子供を寝かしつけてた時にね、何か、風の音が聞こえてきたんだよ。うるさくはなくて、静かなんだけど、どこかから」

「何の話だよ」織田一真はあからさまに興味がなさそうだった。

「でも後で考えたら、あれってどっかで流れてた音楽なのかなあ、って気づいたんだよね。隣の部屋で、CDがかかってたとか」

「かもしれないね」それが？

「さっきの、出会いの話だけど、結局、出会いってそういうものかなあ、って今、思ったんだ」

「そういうものって、どういうもの」

「その時は何だか分からなくて、ただの風かなあ、と思ってたんだけど、後になって、分かるもの。ああ、思えば、あれがそもそもの出会いだったんだなあ、って。これが出会いだ、ってその瞬間に感じるんじゃなくて、後でね、思い返して、分かるもの」

「小さく聞こえてくる、夜の音楽みたいに？」

「そうそう」織田由美には、気の利いたことを言おう、という気負いのようなものはまるでなくて、だからなのか、すっと僕の耳に言葉が入ってくる。

「そういえば、小夜曲《さよきょく》ってなかったっけ？　モーツァルトの」僕は言う。「あの、超有名な」

「アイネ・クライネ・ナハトムジーク？」織田由美が言う。

　ドイツ語で、「ある、小さな、夜の曲」だから、小夜曲、とはそのまんまじゃないか、と僕は子供の頃に思ったものだが、まあ、そのまんま翻訳しないでいったいどうするのだ、と言われればそりゃそうに違いなかった。

「あんな、能天気な曲、夜に聞こえたらうざくてしょうがねえじゃん」織田一真は口に出す。

「まあ、確かに」

結局、僕は、美緒ちゃんが布団で寝てからも一時間近く、織田たちのマンションに滞在していた。さすがに申し訳なくなり、「帰るよ」と立ち上がると、織田一真は、「帰れ、帰れ」と手を振った。

立ち上がり、荷物を持ち、廊下に出る直前、居間の隅の箱に目が行った。子供たちの玩具《がんぐ》が詰まっているようだったが、その中に、見覚えのある姿の人形が見え、「あ」と僕は言った。「あ、これって、有名なわけ？」と腰をかがめ、人形を手に取ると、織田一真と織田由美はほぼ同時に、「え、バズ、知らないの？」と目を丸くした。

「バズ？」

「バズ・ライトイヤー」これも二人が同時だった。

「何それ？　有名人？」

「おまえ、『トイ・ストーリー』を観たことないのかよ」織田一真が口を大きく開け、軽蔑するというよりは、哀れむような目を向けてきた。

「アニメ？」その、冴《さ》えない宇宙飛行士のような人形を眺めつつ、僕は言う。どこの田舎者だ、と言いたくなるような外見だ。

「アニメ。っていうか、映画だよ。おまえさ、『トイ・ストーリー』を観ないで死ぬつもりだったのか？」

「そんなに明確なビジョンを持っていたわけではないけど」

「バズがどうかしたの？」織田由美が訊いてくる。

「いや、この間、仕事でアンケートをやってた時にさ」

先日の街頭アンケートの仕事の際に、回答してくれた女の子が、これと同じ人形のストラップを持っていた、と説明する。

織田一真は相変わらず、自分のペースでしか会話をしないので、「おまえの会社って、いまどき、街頭でアンケート取ってんの？　超うけんだけど。何時代だよ」とそんなことにこだわって、げらげら笑っていたが、織田由美はにやにやと口元を緩め、「それはさ、佐藤君、出会いじゃないの」と言った。

「出会い？」僕は思いもしない言葉に高い声を出した。

「お、出会い」織田一真が人差し指を突き出してくる。

「出会いって」僕は顔をこれきりというくらい、ゆがめる。「もう会わないけど」

「会うかもだ」織田由美が目を見開く。

織田一真が、居間の奥へと一度引っ込んで、戻ってきたと思うと、「おい、これ観ればいいさ」とDVDを差し出してきた。「『トイ・ストーリー』を観ろよ。面白えから」

「貸してくれるんだ？　いいのか」

「2もあるから、そっちは買えよ」

「買わないよ。子供向けなんだろ」

「でも、面白いよ。観てみたら？」

「由美さんに言われると、観たい」

「さっきのエロいやつも貸すか？」

「いいよ」と僕は手を振る。

マンションのエレベーターが下る中、一人でそのDVDのパッケージを眺め、「エロいのも借りれば良かったかなあ」と思った。


♪


「佐藤さん、何やってんですか」

翌日、昼休みに、職場のパソコンの前で検索をしていると、後ろを通りかかった相沢《あいざわ》めぐみに声をかけられた。五歳下であるにもかかわらず、痩身《そうしん》で背が高く、仕事をそつなくこなすためか、ずっと昔からこの会社にいる古株のような貫禄《かんろく》があった。

「最近、残業続きで帰りが遅いから、ネット通販で、手に入れようと思って」

「何買うんですか？」

「DVD、『トイ・ストーリー2』」僕は自分でも意外なほど照れることなく、そのタイトルを口にした。むしろ誇らしげだったと言ってもいい。当初、抱いていた、「子供向けアニメ」という印象は、観終えた時にはすっかり変わっていた。もちろん、子供向けであることには間違いないが、出てくる玩具たちの可愛らしい所作や、単純ながら胸の熱くなる物語展開、練られた画面構成に、すっかり惹《ひ》きつけられていた。

「あれ、いいですよねえ」と相沢めぐみがすぐに言う。

「観たことあるの？」

「え、佐藤さん、観たことなかったの？」

「まあ、そうだね」僕は鼻を掻《か》く。

「観ないで死ぬつもりだったの？」

「その言い方は流行《はや》ってるわけ？」

「バズ、いいですよねえ」

「バズ、いいねえ」僕はうなずく。映画に出てきた、宇宙飛行士型のバズは、確かに、胡散《うさん》臭《くさ》い中年男性じみた恰好《かっこう》で、最初はどうも親しみを覚えなかったが、観ているうちに愛着が湧《わ》いた。

「あ、藤間さんだ」相沢めぐみが言うので、僕も通路出入り口へ目をやる。すると確かに、ここのところずっと休んでいた藤間さんが、細身の濃紺スーツ姿で、入ってくるところだった。照れ臭そうに、申し訳なさそうに頭を下げている。大半の社員は昼食を取りに外に出ていたので、周囲には誰もいないに等しかったが、ゆっくりとやってきた。僕の隣、自分の席に座る。

「久しぶりです」と相沢めぐみが挨拶《あいさつ》をし、僕も、「身体、大丈夫ですか？」と言った。

藤間さんの顔は明らかに疲れていた。目の下には隈《くま》ができ、頬も落ち窪《くぼ》んでいる。肌の色も悪そうで、髭《ひげ》もきちんと剃《そ》れていない。ただ、それでも弱々しい笑みを見せて、「いろいろ、悪かった」と謝った。「メールもありがとう」

サーバーが故障し、データが消えた時以来、藤間さんは会社に来ていなかったので、その後の復旧状況について、僕がメールで送っておいたのだった。

「まあ、何だかんだで、そんなに被害なくて良かったですよ」僕は言う。

「あ、でも、課長の意地悪で、佐藤さん、夜に街頭アンケートやらされたりしてたんですよ」後ろに立ったままの相沢めぐみが、藤間さんにそんなことを伝えた。

「街頭？」藤間さんは一瞬、当惑したが、「課長の意地悪」という言葉からおおよその見当はついたのか、「佐藤にはいろいろ申し訳ないな」と頭をまた下げた。「今度、奢《おご》るよ」

「あ、本当ですか」

「あ、本当ですか」相沢めぐみが便乗したのが可笑しかった。

相沢めぐみが自分の席に戻ると、藤間さんは鞄を置き、自分の机の上の溜《た》まった資料を確認しはじめた。そして、時々、「これはどういう資料？」と説明を求めてきた。見た目はずいぶん疲弊していたが、落ち着き払った口調は以前の藤間さんのままで、立ち直ったのかな、と思えた。

先ほどの、「奢り」の話のせいか、僕の中には、少しくらいは藤間さんに貸しがある、と甘えた気分があったのかもしれない。ふと、「その後、どんな感じなんですか？」と彼のプライベートなことに関し、訊ねた。

藤間さんは、「ん？」とこちらを見たが、少しして、「ああ、まだ、帰ってこないよ」と答えた。

「そうですか」

「でも、昨晩、電話があったよ。彼女から」

「奥さんからですか？」

「一時間くらい喋《しゃべ》った」

「嬉しそうですね」

「やっぱり、あれきり音信不通で、ぱったり縁が切れたと思ったからさ、電話でも何でも、まだ、繋がっていたのは嬉しいよ」

奥さんのこと好きなんですね、と僕は言いかけたけれど、それは単に、一般的な冷やかしと同じに思え、とても下らないと分かったので、やめた。かわりに、「あの、藤間さんって、奥さんとどうやって知り合ったんですか」と質問した。

藤間さんはパソコンから目を離し、僕の顔をまじまじと眺めた。訝《いぶか》るように眉根をぎゅっと寄せたかと思うと、すぐ後で、初恋を暴露された少年みたいに顔を赤らめた。「何だよそれは」

「最近、興味があるんですよ。みんな、どうやって彼女とか奥さんと出会ったのか」

「何だよそれは」

藤間さんはまた、パソコンに向き直り、キーを叩《たた》きはじめた。そして、ずいぶん時間が経ってから、「絶対、笑うよ」と言った。十歳近く年の離れている藤間さんが、自分の同級生のように急に感じられた。「聞いたら、笑うよ」

「笑いませんよ」

「街でさ、歩いていたら、横断歩道で、向こうから来たのがかみさんだったんだ」

「え？」

「で、かみさんが財布を落としてさ、俺が拾ってあげたのが、最初だ」

僕はぽかんと口を開け、藤間さんを見つめてしまう。

「驚いたか？」

「驚きますよ。そんなことあるんですか」

「陳腐だろ」と藤間さんは耳まで赤くし、顔を隠すように背を丸めた。

「いや、現実にあるなんて、凄いですよ」

「凄いかあ？」

藤間さんがぱちぱちと手際良く、優雅とも言える手つきでキーを叩いているのを、僕はしばらく見ていた。何年前なのかは分からないが、この藤間さんと奥さんがどこかの横断歩道ですれ違った場面を想像してみたかった。

「訊いて、いいですか？」僕は図々しく、さらに続けた。

「ん？」

「その時、そこで財布を落としたのが、奥さんで良かったなあ、って思います？」

藤間さんの手が止まった。キーボードが静まると、職場の音がぴたりと止《や》んだようにも感じた。

彼は右肘《ひじ》をテーブルにつき、頬を触る。ずっと昔の思い出から、つい先日の記憶までをもう一度、確かめるような横顔だった。

やがて、「そうだなあ」と言った。「他の人じゃなくて彼女で良かったよ。ついてたな、俺は」

僕は小さく感動し、でも、その感動がどうもくすぐったくもあったので、「奥さんのほうは、どう思ってるんですかね」と茶化した。

藤間さんは噴き出した。「どうだろうな。知りたくないな」と言った。

「今度、電話があったら、訊いてみてくださいよ」

「やだよ」

「マーケットリサーチの一環ですよ」

藤間さんがまた、笑ってくれた。「ああ、でも、この間のあれで、ずいぶん勇気づけられた」

「あれ、って何ですか」

「ヘビー級の試合。凄かっただろ。興奮したよ」

「藤間さんもそういうのに熱くなるんですね」

「いやあ、だって日本人がヘビー級で世界王者になるなんて。感動だよ。何もしていない俺も、誇らしくなるようだった」

「サインもらいたいくらいですか」

「欲しいねえ」

昼休みの終わり近くになり、藤間さんが、僕のパソコンの画面を覗《のぞ》き、「ああ、それ、娘が好きだったな」と、「トイ・ストーリー」の画像を指差した。

「これ、面白いですよね」

「うちに、これの人形あるんだよなあ。佐藤、いるか?」

「いや、一応、俺も大人なので、欲しければ自分で買いますよ」

室内が急に賑《にぎ》やかになる。昼休みの終了時間に駆け込むように、大勢の社員が戻ってきたからだ。課長が、「おお、藤間、体調戻ったか」と乱暴な、大らかな口調で近寄ってくる。

「ご迷惑をおかけしました」藤間さんが立ち上がって、頭を下げた。

「気にするな」と課長が鷹揚《おうよう》に言う。「仕事は腐るほどあるからな、まあ、頼むよ」


♪


その週末、土曜日、どうしても片付かない仕事があったため、週末だというのに朝から会社で作業をした。こりゃあ夜まで帰れないぞ、下手《へた》をすれば明日も出ないといけないな、と諦《あきら》め気分だったのだが、昼を過ぎたあたりからどういうわけか急に資料作りがはかどり、夕方には帰ることができた。

休日出勤に限り、車での通勤が認められていた。どうせだから、織田一真にDVDを返していこう、と思い立ったのは、エンジンをかけてからだ。

「いつでもいいのに」事前に電話をかけると織田由美は言ったが、返せるうちに返しておかないと永遠に機会を逸してしまうような恐怖もあった。

部屋に上がるつもりはなかったから、玄関口で、ＤＶＤを渡す。

「面白かった？」織田由美は黒目がちな瞳《ひとみ》を見開き、微笑《ほほえ》んでくる。

「２のほうも買ったよ」僕が答えると、「でしょー」と彼女が歯を見せた。

「織田は？」

「パチンコ」

「家族を置いて？」

「時々、行くんだよね」

僕は無性に腹立たしく、実際に、「腹立たしいなあ」と言った。「こんなにいい奥さんと可愛い子供を放って、何やってんだよ」

「でしょー？　っていうかさ、浮気したこともあるんだよ、これが」

「まじで？」

「まじまじ」

僕は何度もまばたきをし、織田由美をそれこそ、まじまじと見てしまう。彼女はさすがに苦笑していたが、どこか落ち着いてもいた。「ずっと前だけどねえ。さすがにわたしも怒ったね、あれは」

「そりゃ、怒るよ」

「でもまあ、反省はしたみたいだけど」そこで彼女は、学生時代から男たちを魅了した笑みを見せ、「あ、ちょっと待ってて」と部屋に引っ込んだ。

廊下を通り、突き当たりの居間に姿を消した。すると、そのかわりにというわけでもないだろうが、居間から美緒ちゃんがとことこと早足で寄ってきた。「あ、佐藤じゃん」と僕を指差した。

「お、美緒じゃん」と僕も、彼女の口調に合わせた。

「何しに来たの？　遊んであげてもいいよ」などと生意気なことを言ってくる。切れ長の目や鼻筋の通ったところは織田由美にそっくりだった。

ちゃんと挨拶した？　織田由美は玄関に戻ってくると、自分の娘の頭を撫《な》でる。そして、「佐藤君にこれ、あげるよ」と小さな人形を手渡してきた。

「何これ」受け取って、すぐににやけてしまう。トイ・ストーリーのバズ・ライトイヤーの人形だった。人差し指程度の大きさで、吸盤つきのコードにぶら下がる形だった。

「それ、車の窓とかにつくよ」

「もらってもいいのかな」

「いいよ」と織田由美が言い、「駄目だよ」と美緒ちゃんが言った。どうやら、ずいぶん前に買ったものらしいのだが、美緒ちゃんがバズに飽きてしまい、ほとんどゴミのような扱いを受けているのだという。織田由美が、美緒ちゃんに、「どうせ、いらないんでしょ」と説得をした。そこまでしてもらって断るわけにもいかず、ありがたく受け取る。

じゃあ織田によろしく、と僕が立ち去ろうとした時、織田由美は、「佐藤君に出会いがありますように」と言った。「佐藤に出会いがありますように」と美緒ちゃんも手をぱんぱん叩き、拝むようにしてくれた。

「期待に応《こた》えるよう、頑張ります。そういえば、由美さんは、織田と出会ったこととかどう思ってるの？」

「わたし？」

「そうそう。だって、たぶん、二十七歳にして子供二人なんて、それまで想像もしてなかったでしょ？」

「そりゃそうだよ」織田由美は大きく、何度も何度も首を振った。「わたしさ、結構、ばりばり働いて、結婚とか遅い人かと思ってたし。意外な展開だったよねえ」

「意外な展開だよねえ」美緒ちゃんが真似《まね》をした。

「意外だよねえ」僕も言う。

「でもまあ、悪くはないよね。子供、可愛いし。旦那は明らかに妙な男で、何考えてるのか分かんないけど、馬鹿みたいで嫌いじゃないし。そうだなあ、悪くはないよ。当たりか外れかで言えば、当たってるほうだよ」

それを聞いた瞬間、僕は、大学時代、織田一真が、「由美が妊娠したんだよ」と打ち明けてきた時のことを思い出した。意図的に忘れていたわけではないが、どういうわけか記憶の奥にすっかり隠れていた場面だった。

「おまえ、わざと妊娠させたわけじゃないだろうな」と冗談まじりに責めた僕に対し、織田一真は首を横に振り、「しねえよ、そんなこと」ときっぱり言い切った。彼はそういうことに関しては、嘘《うそ》をつかないのも事実だ。そして、「ハプニングだよ、ハプニング。だけど、すげえよな。俺、すげえ助かった。これで、俺と彼女の繋がりは」とも言った。

「繋がりは？」

「ベリーベリーストロングになったわけだからよ」

「何で英語なんだ」

「まあな」


♪


マンションを出るとすっかり夜になっていて、車に乗り、家に向かう頃にはどこもかしこも真っ暗だった。さほど遅い時間でもないのに、もう冬なのだな、とハンドルを握りながら、実感する。車内のエアコンも入れた。

渋滞にはまったのは、家まであと十キロというところだ。

国道を通らない抜け道で、いつもであれば閑散としているはずの道路に、赤のブレーキランプが列を作っていた。急ぐ用事もないため、さほど苛立《いらだ》ちは感じなかったが、いったい何があったのかと気にはなった。対向車線はスムーズに流れている。

しばらくすると車がゆるゆると進む。今度は、対向車両が見えなくなった。

工事だな、と僕は予想した。前方の、どちらかの車線で工事をしているため、交互に車を通しているのだ。少し前進したところで、また止まった。ブレーキに足を置いていると、右車線に対向車が現われる。

道路工事ほど迷惑なものはない、と急に憎らしくなる。しばらくはこの道は使わないほうがいいかもしれない、とも思った。そもそも、週末の休日出勤もしばらくは勘弁してほしい。

また動き出し、アクセルを踏む。どうせ、すぐに止まるんだろ、と意地悪な気分でいたところ、そんな風に捻くれた考え方をしていると本当にそうなってしまうんだよ、と言わんばかりに、まさに僕の車の前で、工事現場の係員が赤く光る誘導の棒を、「止まれ止まれ」と振りはじめた。仕方がなく、ブレーキを踏み、停止する。

厚手の、夜光テープの貼られた、ダウンコートのようなものを着込んだ係員が頭を軽く下げた。夜ともなればすでにずいぶん寒くなってきた季節であるから、大変な仕事だな、と僕は思い、別に敬意を示したかったわけでもないが、車内でお辞儀をした。

ここを過ぎたら、後はスムーズに走れるはずだった。

音がした。助手席に置いた鞄の中で携帯電話が震えているらしく、手を伸ばす。鞄から取り出すと、着信の番号に、「藤間さん」と表示があった。そういえば、運転中に通話するのは違法だったのではないか、とためらうところもあったのだが、車は完全に止まっているのだし、と勝手に解釈をし、電話に出る。

「土曜日に悪いね」と藤間さんは言った。

「何かトラブルとかあったんですか？」就業時間外に電話がかかってくるのは、たいがい、システムの故障や得意先からの問題など、突発的な事故の場合が多かった。

「ああ、違うんだ」藤間さんの声はどこか柔らかい。「今、少し大丈夫かな」

「少しなら」僕は前方で動く工事車両と、赤い誘導棒を持つ係員を見る。まだ、こちらが発進するには時間がありそうだった。

「実は、今日、妻から電話があったから、訊いてみたんだ」

「何をです?」

「この間、言ってただろ?」

「あ、出会いの時のことですか」僕は可笑しくて、頬が緩む。三十代後半の先輩社員が、こんな話を後輩にしてくるなんて、どこか間が抜けている。わざわざ電話をかけてくる用件とは思えなかった。「奥さん、出会ったのが藤間さんで良かった、って言ってました?」

「いや」

「違いましたか」

「彼女が言ったんだ。あの時、財布、わざと落としたんだってさ」

「え?」

「『あれ、わざとだったんだけどね』って、そう言ってた。俺が拾って声をかけてくる、って期待したのかなあ。この歳にして、分かる新事実だよ」

僕は目を細め、いい話じゃないですか、と応えた。ただ、藤間さんの奥さんが、家に戻ってこないことには変わらないらしく、「なるほど、そういうものですかね」と曖昧に返事をした。

「こんな話、誰にしたらいいか分からなくてさあ」と藤間さんは最後に照れ臭そうに言った。「課長に言うのもなあ」と冗談を口にした。

「今度もし、偶然、奥さんとすれ違ったら、財布落とします？　藤間さん」

「落とすよ」藤間さんは即答だった。

「奥さん拾ってくれますかね」

「たぶん、持っていかれるよ」

藤間さんが電話を切る。

携帯電話を鞄に戻し、ふっと息を吐くと、その息が車内に舞うような感覚があった。

窓が叩かれ、ぎょっとし、目を向ける。

工事の係員がすぐそこに立っていたので、さらに、たじろいだ。

窓を開ける。冷たい風がひゅっと飛び込んできた。窓際の係員が腰をかがめ、「すみません。逆から、少し大きいトラック来るんで、もう少し左に寄ってくれますか」と言った。

ダウンのコートを着込んだその係員が、女性だということに、その時にはじめて気づいた。頭にはヘルメットを被《かぶ》っていた。

「ああ、分かりました」僕はハンドブレーキに手をかけたが、そこで、その係員の顔に見覚えがあることに気づいた。

動作を止めた僕に、彼女が目を向けてきた。視線が合った。

いつもであれば、そんな風に声をかけたりしないはずが、どういうわけか僕は、「あの」と口を開く。

聞いたばかりの藤間さんの話、織田由美の言葉や、もしくは、学生時代の織田一真の台詞《せりふ》が頭の中にじんわりと残っていたせいかもしれなかった。

「あの」

「はい？」

「立ってる仕事って大変ですよね」と僕は言った。

彼女は一瞬、きょとんとし、不審がったが、すぐに記憶を辿《たど》り、思い当たる情報を手繰《たぐ》ってくれたのか、「ああ」と微笑んだ。「ですね」と応え、僕の背もたれを指した。「座ってるのも大変だと思うけど」

ハンドブレーキを下げ、ハンドルを握る。彼女はそこで車から離れたが、その途中でフロントガラスに指を向け、表情を綻《ほころ》ばせた。

僕は、彼女の指差した先、フロントガラスにくっついた、バズ・ライトイヤーの人形を見ながら、笑い返す。「バズ、いいよね」と言ってみせたが、彼女には聞こえなかったかもしれない。ついでだから、「シャンプー買えた？」と付け加えた。

車を横に寄せながら、明日も出勤すれば、ここを通るだろうか、と考えていた。幸いなことに、仕事は腐るほどあるらしい。

ライトヘビー

わたしはドライヤーをいったん切った。前に座る、板橋香澄《いたばしかすみ》の声が聞こえなかったからだ。「え、何ですか？」と耳元に口を近づけると彼女は、「ああ、ごめんごめん、乾かしてもらってる時に」と笑う。

板橋香澄は二年ほど前から、この美容院に通いはじめている客だった。特にスタッフの指名はしないにもかかわらず、わたしが担当することが多く、最初はカット中に雑談を交わす程度だったが、そのうち一緒に服を買いに行ったり、映画を観に行くようにもなり、今では、定期的に顔を合わせる友人に近い。

わたしよりも二つ年上なので、すでに三十目前なのだろうが、肌はつやつやとし、胸元の開いた露出度の高い服も似合い、二十代前半の綺麗なモデルにも見えた。都内の企業に勤めるＯＬだというが、もっと華やかな職業に就いていてもおかしくない。

「昨日のテレビでさ、若い男が、好きな子に告白するっていうのをやってたやつ、観た？」

「あんまりテレビ観ないんですよ」髪を乾かすためにドライヤーを作動させたかったが、板橋香澄の言葉が聞こえなくなるのも申し訳なく、ボタンを押せなかった。

「あ、そうなんだ？　格闘技とかも？」板橋香澄の視線が鏡に反射し、壁にあるボクシングのポスターにぶつかっているのが分かる。白と黒のシックな色彩で統一された店内に、そのポスターの上半身裸の男の野蛮さが浮き上がっていた。違和感があるが、ボクシングファンの店長がどうしてもと貼ったので、誰も剝《は》がせない。

「あの人、有名なんですか？」わたしはポスターの中で拳を握る、「ウィンストン小野《おの》」なるボクサーを見ながら、訊ねた。

「どうなんだろ」板橋香澄が首を捻る。「日本でヘビー級の選手って珍しいけどね。九十キロ以上だし、基本的にはアジア人には向いてないよ」

「あの、小野って人、チャンピオンとかなんですか？」

「まだじゃないかな。近いうちに挑戦したいようなこと言ってるみたいだけど」

「わたし、格闘技って物騒で嫌なんですよね。どっちが倒れても、気分悪いじゃないですか」

「ねー」と板橋香澄が同意してくる。「じゃあ、美奈子《みなこ》ちゃんはどっちかと言えば、すらっと細身でインテリな男が好み？」

どっちかと言えばそうですね、とわたしは応えた後で、「あ」とどうでもいいことを思い出した。「ライトヘビーとかもありません？」

「ああ、あるある。八十キロ未満な感じの階級ね」

「ライトなのかヘビーなのか紛らわしいですよねえ」

「確かに」と板橋香澄が笑った。「しかも、ヘビー級とライトヘビー級の間には、クルーザー級ってのがあって、またよく分かんないしね」

「えっと、何の話でしたっけ」

「あ、そうそう、格闘技の話と少し関係するんだけど」板橋香澄が言う。「昨日の番組で、片想いの男の子が女の子に告白するっていう企画があったわけ」

「ありそうですね」

「でね、その男、なかなか踏み切れなくて、結局、ボクシングの試合で日本人選手が勝ったら、そのウィンストン小野って選手の試合じゃなくてね、別のボクサーの試合だったんだけど、それの結果によって、告白するとかいうことになって」

「他力本願じゃないですか」わたしはそういう煮え切らない態度の人間があまり好みではなかったので、少し語調が強くなってしまった。「負けたら、諦めるんですか?」

「でしょー。嫌でしょー? しかも、告白する時になったら、よりによって交差点のところで、正面のビルのでっかい画面に、『付き合ってください』とかメッセージが出るようにしてたわけ」

「それは」とわたしも顔をしかめる。「それは、ちょっときついかも、ですね」

「いきなり、それはないよねえ。こっちとしては、たまらないよ」と板橋香澄は、まるで自分がその告白をされた当事者であるかのような言い方をし、「劇的とかさ、ロマンチックとかさ、そういうのを勘違いしてるんだよね。重いだけだよ、そんなの」と口元を歪めた。ポスターを鏡で眺めつつ、「ヘビーすぎる」と吐き捨てた。

「確かに、重いですよねえ」わたしは同意し、そこでようやくドライヤーを動かす。髪に熱風を当て、手を素早く動かし、板橋香澄の黒い長髪を乾かすが、途中でまた声がし、スイッチを切る。

「あ、ごめんごめん」と板橋香澄は作業を中断させたことを謝罪した。「人によるかなあ、って言っただけ」

　正面の鏡に視線を向ける。映っている板橋香澄が目を細めていた。「さっきの、はた迷惑な告白だけどさ、でもまあ、相手が自分の好きな人だったら、嬉しいかな、って思って」

「ああ」とうなずく。当然、鏡に映る自分も首を縦に振った。「まあ、確かに人によりますね」と言い、ただ少し真剣に考えた後で、「でも、やっぱり、重いですよ」と応えた。

「相手によれば、ヘビーが、ライトヘビーくらいにはならない？」

「嫌ですよ。告白するならもっと、こぢんまりと大事な感じがいいですよ」

「だよねえ」

　板橋香澄はそれ以降も何度か話しかけてきて、そのたび、ドライヤーを止める羽目になり、作業は遅々として進まなかったが、途中でわたしは、板橋香澄がわざと邪魔してきていることに気づいた。「ごめんごめん、いちいちドライヤーを止めるのが可愛かったから」と悪びれず言われると、むっとする気持ちにもなれないから不思議だった。

「ところでさ、美奈子ちゃんって彼氏できた？」

　髪のカットとセットが終わり、会計の応対をしていると、レジを挟んで向かい側に立つ板橋香澄が言った。何を急に、と一瞬たじろいだがその唐突さもまた、板橋香澄らしいと言えばらしかった。ずかずかと無神経なことを言われているわりにはさほど不愉快にならない。

「いえ、できないのです」とわたしは嘘をつく必要もないので、答える。

「じゃあわたしの弟はどう？」板橋香澄があまりに自然に、「喉《のど》が渇いてるならこの缶ジュースあげるけど」というような軽快さで言ってくるため、最初は冗談かと思い、空笑いをしていたのだが、さらに彼女が、「美奈子ちゃんの携帯番号、あれ、弟に教えていい？」と続けてくるので、驚いた。

「教えてどうするんですか」

「電話でいいから、相手してあげてよ。メールのほうがいい？　わたしの弟も今、彼女がいなくて。半年くらい前に、彼女と別れちゃって、元気ないから」

どうしてその元気のない弟の相手をわたしがしなくてはいけないのだ、と思いはしたが、文句を言う気分にもなれなかった。

「せっかくですけど、遠慮しておきます」

「本当に？　遠慮しないでいいのに」

「遠慮したいんです」妙なやり取りでわたしは笑ってしまった。「でも、香澄さんの弟さんの話って、今まで聞いたことなかったですね」そもそも弟がいること自体が初耳だったかもしれない。

「うちは姉一人、弟一人、どうにか二人で頑張って生きてきたんだけれど」

「え、そうなんですか？」

いつもあっけらかんとしている板橋香澄の裏側に、何か深刻な背景が見えるようで、わたしは背筋を伸ばす。

「そうだよお。長いうえにつまらない話になるから割愛するけど。まあ今は一緒に住んでるわけでもないし。都内のアパートに住んでるんだよね、あっちは。わざわざ言うような弟じゃないといえば、そうだよね」

「わざわざ言う必要もないような弟を、わたしに紹介するつもりだったんですか」

「あー、鋭いなあ」彼女は悪びれず、頭を掻くがその仕草がまたさまになっていた。「でも、姉のわたしが言うのもなんだけど、いい男だと思うよ。暴力は絶対振るわないし」

それは最低条件ではないか、とわたしは指摘する。

「こないだも二人で歩いてたら、酔っ払いに絡まれたんだけど、もう、ぺこぺこ平謝りで」

「それ、頼りないじゃないですか」

「頼りないけど、真面目な弟だよ」


♪


夜、風呂から上がり、テレビを観るとはなしに眺めていると携帯電話が鳴った。見知らぬ番号が表示されているため、一瞬躊躇《ちゅうちょ》したが、切れるまで待つのも面倒で受話ボタンを押し、耳に当てた。出た瞬間、無警戒すぎたか、と焦ったがすでに遅かった。

「あ」と向こうで声がした。

そちらから電話をしてきて、「あ」はないだろうに、と思いつつ、もしもし、と呼びかけると少し沈黙があった。「あの、板橋香澄の弟ですけど」と男の声が続いた。男にしては少し高めの声で、幼くも思える。

「あ」と今度はわたしのほうが言ってしまう。反射的に脇のリモコンに手を伸ばし、テレビの音量を下げる。画面の中で怒鳴り声を上げていた刑事が大人《おとな》しくなっていく。「えっと、はい」としか言いようがない。香澄さんには、電話しないでください、と答えたつもりなんですけど、といまさら言うのも申し訳なく、どうしたものかと悩む。

「何の用ですか？」若干、不審がる様子で相手が言ってきた。

「何の用？」

「いや、姉が、あなたが俺に用があるから電話しろって。重要な指示が出るって」

「そんな馬鹿な。用なんてないですよ」

「あ、そうなの？」男は急に肩の力を抜いた声を出す。そうですよ、と説明した。「たぶん、何かの勘違いが」

「ああ、そうか。すみません」彼は急に殊勝な感じで、「姉は時々、よく分からないんで」と言った。

繁華街で酔っ払いに絡まれ、「すみませんすみません」と謝って、退散する姿が目に浮かぶようだった。気が弱いわけではないのだろうが、穏やかで、素直な印象を受けた。板橋香澄のモデルじみた外見から逆算すると、イメージは遠くない。

じゃあすみませんお騒がせしました、と彼はそこで電話を切ろうとした。わたしももちろん、

「いえ、こちらこそどうも」と携帯電話を耳から遠ざけようとしたのだが、そこで予想外のことが起きた。

正確に言えば、予想外の来訪者があったのだ。

わたしは甲高く短い悲鳴を発し、携帯電話を放った。そして賃貸マンションの壁を移動する、光沢を放つ黒い昆虫を見つめた。素早く斜めに動いたかと思うと、ぴたりと止まり、周囲の様子をすべて観察するかのような不気味な態度を取る。

携帯電話を慌てて拾い、耳に当てると向こう側で、「どうしたんすか、どうしたんすか。大丈夫ですか」と男が慌てふためいている。

呼吸を整え、視線は黒光りの虫から離さずに、「例の虫が出ただけです、すみません」と説明した。

「例の虫？」

「ほら、あの黒くて、かさかさ動くやつですよ」その名前を呼んでしまったら、おぞましさが体に侵入してくるような気分だったが、電話の向こうの彼は当然のように、「ああ、ゴキブリ」と言った。「ゴキブリが出たんですか」と。

「はじめてなんですよ、はじめて。ここ新築だし」ゴキブリの出るような家に住んでいると思われるのがつらかったからか、わたしは気づくと弁解を口にしていた。そうしている間にもその虫がまた動きはじめ、悲鳴を上げてしまう。

「やっつけたほうがいいですよ」男は半分笑っていた。

「やっつけるって、どうやって」

「新聞紙丸めて」

「そんな物理的な攻撃は無理」わたしはきっぱりと言う。叩いて殺すなど、そんなおぞましいことができるだろうか、と。「だいたい、潰《つぶ》れたやつをどうすればいいわけ」

「じゃあ、化学的攻撃ですよ。スプレーで」

「ないんだけど」

「じゃあ、コンビニで買ってくれば」

「買ってくる間、どっかに移動してたら、怖くない？」わたしは体を縮こまらせ、壁に背中をつけた。まずい、この部屋は完全に占拠された、あの虫に乗っ取られた、と半ば本気で思った。

「窓を開けて、出て行ってくれるように祈る、とか」

「それがいいかも」

「さらに仲間が入ってくる可能性もあるけど」男が言い、わたしは本気で怒った。「何怖いこと言ってんの馬鹿」


♪

それで結局どうなったわけ、と前に座る山田寛子《やまだひろこ》が言った。居酒屋の座敷だった。乱雑に並んだテーブルの上の唐揚げを箸《はし》で突き刺し、その唐揚げをこちらに向け、ぐるぐると回転させた。

隣の席の会社員たちが吹かす煙草《たばこ》の煙が少し寄ってきて、煙草嫌いの山田寛子はあからさまにそれを避けた。

「しょうがないから、新聞丸めて叩いて、割り箸でそれを摘《つま》んで、捨てました」となるべく感情を込めず、棒読みするように言った。

「そっちじゃなくてさ」と身を乗り出したのは、山田寛子の隣にいる日高亮一《ひだかりょういち》だ。彼らは、十代の頃、贔屓のヘヴィメタバンドのライブで顔見知りになったのをきっかけに友人となり、そのバンドが解散した後も親交は続き、今では気の置けない仲間となっている。今や山田寛子も日高亮一も名の知れた企業の会社員となっていて、残業だ出張だと忙しそうではあったが、ただ、居酒屋で向き合っているとライブハウスに通い詰めていた時から少しも変わっていないように思える。

「そっちじゃなくて、その電話の彼のほうだよ。どうなったの？ ゴキブリのおかげで打ち解けて、『来週、渋谷で会いましょう』とかなっちゃった？」とからかうように言った。

山田寛子と日高亮一が、「美奈子、最近、男の話題とかないの」とつついてきて、「ない」と答えると二人ともとてもつまらなそうな顔になったので、仕方がなく二日前にあった、板橋香澄の弟の件を披露したのだった。

「結婚することになった？」と山田寛子が勝手なことを言う。「電話だけで、スピード結婚。電撃入籍」

「なんでまた」わたしは中ジョッキに手を伸ばし、口をつける。「そういうんじゃないけど、まあ、普通に喋っただけだよ」

「いいなあ」山田寛子が口を尖らせた。彼女はつい一月ほど前に、遠距離恋愛をしていた相手と別れたばかりだった。「新鮮でいいなあ。見知らぬ男からの電話、どきどきするね」山田寛子は感嘆口調だ。

「しないよ」わたしは顔をゆがませる。実際のところは、確かに新鮮なところはあった。会ったこともなければ、お互いのことをほとんど知らない相手と、電話を通じ、喋っているのは愉快とも言えた。板橋香澄の弟は可愛らしい声で、あまり饒舌《じょうぜつ》なほうではなかったが、その分、煩わしい馴《な》れ馴《な》れしさとは無縁だったので、それなりに心地良かった。

「じゃあ、今度会いましょう、とかならなかったんだ?」日高亮一がアルコールで赤らんだ顔でにやにやする。「出会いだなあ、いいなあ」

「ないない。出会わないよ」わたしはきっぱりと言い切った。「だいたい、電話切った後で気づいたけど、名前も聞いてなかった」ずっと、弟さん、とわたしは呼んでいた。

「何やってんだよ」日高亮一が、ぶーぶーと文句を言う。

「まあ、そこはゆっくり育てていきましょうか」山田寛子が唐揚げをくしゃくしゃやり、わたしを意味ありげに見る。

「育てるって何を」

「そりゃ、恋心を」山田寛子が目を輝かせる。

「ゴキブリをだよ」同時に、日高亮一が言う。

♪


斉藤さんのところに寄っていこう、と言ったのは日高亮一だった。

居酒屋に入ってから三時間が経ち、割り勘で支払いを済ませ、店を出た後だ。斉藤さんとは、わたしたちの住んでいる地下鉄最寄り駅のすぐ近く、脇道に逸れた路上でテーブルを置き、商売をしている男性のことだった。以前は、アクセサリーの露店だったが、斉藤さんはアクセサリーではなく、歌を売っていた。

長机の上にはノートパソコンが置かれ、そこに小さなスピーカーが繋がれている。お金を入れるための貯金箱のようなものがあって、あとは、「斉藤さん　一回百円」と書かれた立て札があるだけだった。

はじめて通った時は何の店なのか分からなかったが、というよりも今もって詳細は分からないのだが、客が百円を支払い、「今、こんな気持ちです」「こんな状況です」と話をすると、斉藤さんは無言で、うんうんとうなずき、パソコンを叩く。するとそこから、曲の一部が再生される。一曲すべてではなく、ある箇所だけが流れる。不思議なことにその歌詞やメロディが、客の気分に妙にマッチしていて、愉快な気持ちになる。占いや助言とはまったく違うそのスタンスは、どこか清々しく、可笑しかった。客が行列を作ることもないが、それなりに繁盛しているようにも見える。

そもそも、その長身で無言の店主の名前すら、誰も知らず、ただ、彼が流す曲のすべてが、斉藤なにがし、というミュージシャンの作品であることから、彼自身が、斉藤さんと呼ばれるようになっていた。

実はあの人が、本当の斉藤さんらしいぞ、と言う人もいたのだけれど、本人がどうしてわざわざこんな場所で、自分の曲を切り売りしなくてはならないのか理解できなかったし、わたし自身は斉藤なにがしについて何も知らなかったので、真偽のほどは分からなかった。

そして驚くべきことに、日高亮一が以前勤めていた会社を辞め、転職に踏み切ったのも、斉藤さんがきっかけだった。一年半ほど前だ。やはり三人で飲みに行った帰りで、「実は今、会社を辞めようか悩んでるんですよ」と彼が相談をした。わたしたちの前ではそんな話をしていなかったのでびっくりしたが、彼がそこで言うには、「怠けている先輩たちの仕事が片端から俺のところに被さってきて、もう嫌なんだ」ということだった。

斉藤さんは一言も喋らず、相槌《あいづち》がわりに何度かうなずき、おもむろにパソコンのキーをぽんと叩いた。するとスピーカーを通し、歌が流れる。

『鎖を噛《か》み切れ！　首輪を振り払え！　今すぐここから飛び込め！』

静かながらに迫る力の声がそう歌い、ぱたりと止まる。まさにそこだけが抜き取られると、ずいぶんと呆気《あっけ》ないものだったが、ただ、フレーズが止むと夜の静けさが引き立ち、それはそれで余韻があった。

ふうん、と日高亮一は答え、なるほどねえ、と自分だけが分かった様子で、その夜には会社を辞めることを決めたらしかった。

こんばんは、とわたしたちは斉藤さんの前にしゃがんだ。テーブルには椅子《いす》もないため、少々無理な姿勢になる。

斉藤さんはいつも通りの飄々《ひょうひょう》とした顔つきで、黙って、会釈した。落ち着き払った様子から年上だと思っていたこともあるけれど、最近は、わたしたちと同じくらいの年齢ではないか、と思いはじめてきた。

じゃあ、まずはわたしから、と山田寛子が百円を箱に入れる。「ええと、付き合っていた彼と別れて一ヶ月になります。そんなに落ち込んでいないつもりですが、どうも晴れやかではないんです」と相談とも近況報告ともつかないことを話す。

斉藤さんは、了解、と言わんばかりにうなずき、すぐにキーを叩いた。

『あぁ、あんなに笑った日々を、まだあれから、僕は知らない。ねぇ、今君はどうしているの？大きな街の風が吹くけど、どう　君は大丈夫？　ねえ、僕は大丈夫？』

優しく流れる軽快な歌声は、別れた彼女を慰めるというよりは、さらに切なくさせるようにも思えたのだけれど、山田寛子は満足げで、目を少し潤ませながらも微笑んで、「うん、大丈夫」とつぶやいた。「わたし、もうバリバリ働こうかなあ」

「いまどきには珍しいくらいに？」

「そうそう。それもまた面白いかもしれない」

次に日高亮一が百円を出し、「俺はね、何だか山田の後で言いにくいんだけど、実は付き合ってる彼女と別れようと思ってんだ」と言いはじめ、「嘘」とわたしたちは驚く。彼の恋人とは一度しか会ったことがないが、付き合いは長かったようだし、てっきり結婚間近かと勝手に想像していた。「というよりも、なぜ、さっきの飲み屋じゃなくて、斉藤さんのところで発表するんだ」と山田寛子が涙をうっすら目尻に残しながらも、言った。

「そこはまあ、なんか気分的に」と日高亮一は頭を掻く。

斉藤さんはまたうなずいて、キーを触る。おそらくは、斉藤なにがしの歌のフレーズが細切れで大量に保存されているのだろうが、それを暗記し、瞬時に選択して再生する芸当は、よく考えればそれなりに驚異的だった。

『さよならを言う前に、もう一度だけ思い出してみたんだ。初めてのキスの日を、初めてお前を抱きしめた夜を』

それを聴いた日高亮一はまたしても、ふうん、と言い、なるほどねえ、と顎を引き、それ以上のコメントは続けなかった。

そうなるとわたしも何かリクエストをせずにはいられなかったが、実のところ特に打ち明けたいことも思い浮かばず、仕方がなくて、「こんな友人とわたし、三人に何か言葉を」と百円玉を差し出した。

斉藤さんは三度目の、うんうん、を見せて最初からそのキーを押すことが決まっていたかのようにすぐ、指を動かした。

『口笛吹いて歩こう、肩落してる友よ。いろんな事があるけど、空には星が綺麗』

流れてきたのはとても可愛らしいメロディで、どういう意図でそのフレーズが選ばれたのかも定かではないけれど、わたしは気分が良くなり、それはほかの二人も同様だったようで、「じゃあ、行こうか」と歩き出し、示し合わせたように全員で、空に星があるかしら、と上を見た。


♪


電話がかかってきたのはその翌日の晩だった。美容院の仕事を終え、家に帰り、夕食や風呂を終えて、やはりテレビを観ている時に携帯電話が鳴った。着信の番号は登録されていないものではあったが、先日かかってきたものだとは分かったので、出た。

「板橋香澄の弟です」と彼はまた、礼儀正しいと言うべきか、他人行儀と言うべきか、最初の時と同じ名乗り方をした。

「こんばんは」とわたしは答える。「この間はどうも」

「虫、大丈夫?」

「おかげさまで、あれ以降、姿は見えないですよ」壁を見渡す。もう、何を見てもあの虫にしか見えない、とも思った。

高い声で話す彼は、どうしてまた電話をしてきたのかは言わず、ただ、「姉を問いただしたら、自分が嘘をついたことを認めました。迷惑かけてすみません」と謝った。

わたしは別段、不快な思いをしたわけでもなかったので、こちらこそすみません、と言った。

「でも、香澄さんって変わってますよね」

「姉の変さを言い表わすのに、変わっているという言い方では、足りないですよ」と彼は力強く、断言した。その断言の仕方が可笑しかった。「新しい日本語を作るべきですよ」

彼はあくまでも、ぼそぼそとした話し方で、流暢《りゅうちょう》な喋り方はしなかった。わたしはそこで、

「板橋さんって何歳なんですか?」と訊いた。

「確か、二十九だったかな」

「いや、香澄さんじゃなく」

「あ、俺の」

「そうそう」

「二十七歳」

「あ、一緒」

同じ年齢だと分かったからなのか、それ以降、わたしたちは遠慮がちながらも友人口調になり、いくつか話をした。もちろん、その時点で共通の話題となれば、必然的に、彼の姉のことくらいしかなく、わたしは一緒に服を買いに行った際、細身のジーンズを試着したきり脚が抜けず、試着室でどたんばたんと転げまわっていた板橋香澄の話をし、彼はと言えば、「よく、麻雀《マージャン》の雀荘の看板に、『風速0・5』とか書いてあるの知ってる?」と言った。

「麻雀は分かんないけど、でも見たことあるかも」

「あれは、レートなんだ。千点五十円が基本ですよ、とか。実際はみんな、麻雀でお金を賭《か》けてるけど、おおっぴらにはできないし、だから看板には、風速って言葉で代用してるんだ」

「ああ、なるほど」

「前に姉に、『あの、風速って何の意味か分かる?』って訊ねたんだよ。知ってるか、って。そうしたら、自信満々でさ、『ああ、あれって、〝風のように速くリーチをかけても、怒られませんよ〟っていう意味でしょ?』とか答えて」

「え?」

「『風速』という言葉に、そんな意味合いが含まれているのだと、あの人は本気で思っているらしい」

わたしはきょとんとしてしまう。麻雀のことなどまるで知らないわたしでも、その、「風のように速くリーチをかけても」云々《うんぬん》は、明らかに違うと思った。

「本気なんだよ。いまだかつて、そうとしか思ったことがない、とまで言ってた。風のように速くリーチをしても怒られない、ってどんなルールなんだ」

わたしは、板橋香澄であればきっと、それくらいの思い込みはするかもしれないな、と思いもした。

結局、その日は一時間近く話し、そして、「じゃあまた」でも「じゃあ、これきりで」でもなく、ただ、「じゃあ」とだけ言い合って、電話を切った。その後ですぐに布団に入り、名前を聞くのを忘れた、と気づいたがあまり後悔はなく、わたしはよく眠った。

「学《まなぶ》、電話してるんだって？」と板橋香澄が嬉しそうに言ってきたのは、さらに二ヶ月が経過してからだった。そろそろ香澄さんが来る頃かもしれないぞ、弟の電話のことを話題にしてくる可能性がある、と思っていたら、そうなった。「あの子、ぜんぜん、報告しないんだよね。美奈子ちゃんに拒絶されてそれきりになってると思ったんだけど、結構、電話で喋ってるんだって？うまくいってるならいってるって教えてくれたっていいのに」

関心があるのかないのか、広げた雑誌を眺めながらだった。見るとはなしに見ると、都内での外科手術名医ランキングなる記事で、健康体美人の板橋香澄とはどこか不釣合いに思え、意外に感じた。

「うまくいってるというか」わたしは平然と答えた。正面の鏡をちらと見やり、自分の顔や耳が赤くなっていないことにほっとする。「何か、会ってもいないのに、普通に話し友達みたいになってて」

「結婚しようって思った？」と笑いながら言ってくる板橋香澄は、わたしと彼とが絶対そうならないと踏んでいるような軽やかな言い方だった。

左手で摘んだ彼女の毛先を鋏《はさみ》で切る。

電話は毎日かかってくるわけでもなく、週に一日もしくは二日、彼のほうからかかってくる。もちろん、わたしからも電話をしようと思えばできたが、どちらかと言えば、観たいテレビドラマのない曜日に穴埋めをするかの如《ごと》く、二人でだらだらと喋っていたので、週一もしくは二というペースはちょうど良く、それ以上を求める気分にもならなかった。彼の名前が学だということ自体、ずいぶん経ってから知った。最初は、「学さん」と遠慮がちに呼んでいたが、同い年の話し友達で、「さん付け」はかえって面倒臭く、「学君」と今は呼んでいる。

「会おうって話にはならないわけ？」

「不思議なことにならないいんですよ」

「まあ、シャイな弟ではあるけれど」板橋香澄は言い、「ふがいない」と目を険しくした。

わたしは笑みが浮かびそうになり、こらえたが、彼女は敏感に、「何か可笑しかった？」と訊ねてきた。

「ちょうど昨日、深夜にテレビで流してる映画を観てたんですよ。カンフー映画で、お師匠さんが、復讐《ふくしゅう》を誓う主人公に技を教えるやつですけど」

ジャッキー？　ユンピョウ？　酔うやつ？　それとも三十六房？　板橋香澄が矢継ぎ早にさまざまな質問を投げてくるので、わたしはそれをひょいひょい避ける気分だった。

「途中で、主人公が一向に復讐しようとしないのを、お師匠が、『ふがいない』って嘆くんですけど、その時の厳しい顔つきが、香澄さんの今の表情と似ていて」

「ちなみにそのお師匠、恰好いいんだよね？」板橋香澄はそんなことにこだわった。わたしは噴き出してしまい、店内に慌てて目をやる。はしゃいでいるとほかのスタッフに睨《にら》まれてしまう。

カットが終わり、最後にもう一度、髪を洗い、ドライヤーを使いはじめようとした時、「学って、急に連絡つかなくなったりしない？」と板橋香澄がふいに言う。

「え」ドライヤーのプラグをコンセントに差し、首を捻った。「確かに急に電話がかかってきますけど、結構、定期的です」

「まあ、まめなんだよな、そういうのは。典型的なA型だし」

「そういえば、自分でも言ってました、繊細で几帳面なA型って」

「だから余計に、体調とか崩しやすいんだよね」これは彼女が無意識に洩《も》らした言葉のようだったので、わたしは反射的にそれを拾い上げてしまい、「身体、悪いんですか?」と訊ねた。

けれど板橋香澄はそれには応えてくれず、かわりに、「いつも、どんな話をしているの?」と言った。

「大した話はしないですよ。雑談です」

たとえば昨日は、わたしの地元の友人、高校時代の同級生、由美の話だった。大人しい雰囲気ながらどこか自然体の美人で、高校時代からとてももてた。女子高であったが、通学中の電車や、寄り道のファストフード店など、ありとあらゆる場所で、男の子に告白をされ、そのたび、申し訳なさそうに断る姿は、ばっさばっさと大勢の敵を斬《き》って倒す武者にも似た恰好良さを伴っていた。告白してくる中にはとても恰好いい男もいたから、「もったいない」と周囲からたしなめられることもあったのだけれど、彼女はそれでもやはり曖昧に笑うだけで、そんな由美が、わたしには自慢だった。

「その彼女がね、大学に行って、彼氏ができたんだけど、それがまた変な男でね。あ、変というかね、なんか、自由な感じかな」

「自由？」

「自分中心。俺大好き。しかも、その彼女、子供ができちゃって、そのまま大学辞めて、結婚して、今はもう二人目もいるんだよ。子供。あの、男をふりにふっていた、わたしの自慢の友達の彼女が、二十六とか二十七歳で二人の子供のお母さんなんて、何か不思議なんだよね。それが悪いというんじゃなくて、変な感じ」

「今も自慢の？」

「もちろん」とわたしは言う。彼女は、今のほうがいっそう、わたしの自慢となった。「あの、変な旦那も、今となっては、スイカにつける塩みたいに思えるようになったよ」

「なるほど」

「この間、彼女に訊いたんだ。『由美は、彼の何を好きになったんだろう』って」

それを訊ねたのは、久々に地元で会った時だ。ファミリーレストランの隅のテーブルで、彼女はベビーカーを脇に置き、前に座っていたが、優しく微笑むと、「うまく言えないけど、あの旦那とわたしと子供たちの組み合わせがね、わたしは結構好きなんだよ」と答えた。

それを話すと学は、「スイカさんはいいこと言うなあ」と感心した。


「学は、仕事の話とかする？」板橋香澄が訊ねた。

「あんまりしないんですよ。わたしはしますけど」

実際、わたしの生活の大半は美容院での仕事に費やされているため、話題がどうしても仕事絡みになってしまうのだった。言われた通りに髪を切ったにもかかわらず、「髪を返して」と怒りはじめたお客さんのことであったり、わたしがカットしている女性のことを、待合いの椅子のところでじっと待つ、おそらくは恋人と思《おぼ》しき男性が、ものすごくゆっくりとしたペースで四コマ漫画を熟読していたことであったり、そういう話が多かった。

「学の仕事の内容は聞いた？」

「普通のサラリーマンって言ってました」わたしは答えつつ、普通とは便利な言葉だな、とも思った。「地味で、いつも単純作業ばっかりで、仕事の話は面白くないからって、あんまり話してくれないですが」

「まあ、そうだね、地味だし、単純だし、楽しい話題はなさそうだね、学の場合」

「でも、事務職だって立派な仕事ですよね」

「事務職？　学がそう言った？」

「ええ。あれ、違うんですか？」

そこで板橋香澄は少し黙り、口をもごもごさせ、何かいいことでも思いついたかのように目を輝かせると、「ただ、ちょっと特殊な仕事だから、そのうちしばらく電話がかかってこなくなるよ」と言った。

「どういうことです」

「うちの弟の仕事、定期的に忙しくなるんだよね」

「納期みたいな関係で？」わたしは、自分の昔の彼氏がシステムエンジニアで、システムの納期が近づくと残業続きで音信不通になったことを思い出した。

「まさにそう」板橋香澄が強くうなずく。「だから、一ヶ月か二ヶ月だけど、ぱたりと電話、来なくなるかもだけど」

「ああ、そうなんですか」わたしは言いながら少し寂しさを覚えている自分に気づいた。

「でも一段落ついたらまた、連絡あるから見捨てないであげてね」

よく分からない予告だなあ、と思いつつ曖昧に返事をしたが、心のどこかでは実際にはいくら納期近くになっても、ぱたりと音信が途絶えることはないだろうな、と見積もっていた。

けれど、まさに彼女の言う通りそれからしばらくして、学からの電話はかかってこなくなった。


♪


「で、また、しばらくするとかかってきたわけ？」山田寛子が驚いた顔をした。

「一ヶ月半くらいしてから」わたしはストローでウーロン茶を飲み干す。

「というか、その電話だけの付き合いでずっと続いてることが、信じがたい」日高亮一が腕を組んだまま、首を捻った。「ギネスとか狙ってるの？」

前回三人で居酒屋に集まったのが、最初に学から電話があった時で、それから八ヶ月が経っていたから、電話も八ヶ月続いている計算だ。

「一ヶ月半、まったく音沙汰《おとさた》なし？　美奈子から、電話かけてみた？」

「こっちからかけたら悪いかなあ、と思って」実際、何度か電話をしようと携帯電話を耳に当てるところまではやったのだが、向こうの仕事が忙しい最中であるのなら気分を害するのではないか、とやめた。

「なぜメールでやり取りしないのだ」山田寛子が苛立つように言った。

「メールもやっていないわけじゃないんだよ。ただ、連絡が取りにくい時はメールも送りにくい」

「電話をかけたら、別の女が出たりして」日高亮一が嬉しそうに言う。

「ありそうだねえ。でも、まったく事前連絡もなく、ぱたりと電話しなくなるのって変だよね」

「一応、その不通になる前の電話では、仕事が慌しくなりそうで、夜も時間がないから、とは言ってたんだよね」わたしは無意識のうちに彼を弁護するような台詞を吐いている。

「また電話がかかってきた時も、特に説明はなかったんだ?」日高亮一は、通りかかった店員に料理の催促をした後で、言う。

「普通に、また電話がかかってきたね」

「いつまでも電話で喋るだけだと、困るなあ」

「どうして?」

「弊社の化粧品の威力が発揮できない。美奈子に使ってもらいたいんだけど」化粧品メーカーに勤めている山田寛子は、笑う。

「大丈夫、化粧して電話に出るから」

「テレビ電話が浸透したら、そうなるんだろうね。いやあ、面倒臭い。そう考えたら絶対普及しないな。テレビ電話」

音信が途絶え、一ヶ月半が経ち、さすがにこれ以上電話がないとなるとこれは一時的なお休みではなく、単なる自然消滅のたぐいかもしれない、とわたしが諦めはじめた頃、唐突に電話があった。夜、テレビを観ていたわたしは、携帯電話に表示される彼の電話番号にぎょっとし、必要以上に取り乱し、心躍ったのだが、それは内緒だ。テレビのリモコンを足で引き寄せ、音量を下げると、画面の中で激昂《げっこう》している刑事が大人しくなっていった。

「もしもし」と出ると彼は、「久しぶり、学です」と言った。彼は特に、仕事の忙しかった期間のことを話すわけでもなく、ただ、以前までと同じように自分の身の回りに起きたことを、静かに喋るだけだった。

たとえば、「今日なんだけど、横断歩道を渡っていたら」と話した。「横断歩道を渡っていたら、向こうから、足元のおぼつかない、お爺《じい》ちゃんが歩いてきてさ、危なっかしいんだけど、右手を必死に上げてたんだよね。小学生みたいに」

わたしは頭にその情景を思い浮かべる。よたよたと歩く、腰の曲がった老人が右手を伸ばし、横断歩道を進むのは微笑ましくもあるし、心許《こころもと》ない気もした。

「でも、そこで何か、そのお爺ちゃんだけが手を上げてるのが可哀想《かわいそう》になってね」

「何で？」わたしは噴き出した。「一人だから？」

「そうそう。何か手を上げてるのが間違っているみたいで」一度も会ったことがないにもかかわらずわたしは、そういう考え方が彼らしい、と思えた。「だから、俺も手を上げてみたんだけど」

「じゃあ、横断歩道の向こうとこっちから、手を上げた二人がすれ違ったんだ？」

彼が小さく笑った。「すれ違う時、そのお爺ちゃんに睨まれたよ。馬鹿にしてると思われたのかな」

「ありえるかも」

そんな話を交わしていると一ヶ月半のブランクなどなかったかのような自然さを感じ、わたしは穏やかな気持ちになった。恋人と復縁したというような安心ではなく、仲良しの友人が転校せずに済んだ、という安堵に近かった。


「そんな付き合いって、複雑だよね。不健康と言ってもいいよ。いつまで続けるわけ？　早めに会ったほうがいいんじゃないの」日高亮一が酒で顔を赤くし、言う。「何年も期待して、いざ会ってみたら向こうは、超不細工なおっさんってこともある」

返事に困り、顔を歪めた。確かに自分でも、学の外見がどんな風であるのか、どんな男であるのか想像してみたことはあるが、けれどそのたび、「わたしと彼の関係はただの話し友達に過ぎないのではないか」と気づきもした。

「だいたい、美奈子の好みってどんなんだっけ？　前の彼氏はさ、凄く美形だったじゃん。ナルシシストの要素もあって」山田寛子が言い、「あったあった」と日高亮一も声を高くした。

だったねえ、いたねえ、とわたしはひどく遠くのことを思い出す気分だった。「わたしが地下鉄で酔っ払いに絡まれても、相手が怖くて、逃げちゃった美形の彼氏が。でも、好きなタイプとかって、難しいよね。自分でもよく分からないよ」

「じゃあ、その学君が、分厚い眼鏡《めがね》をかけた、青白いもやし君みたいだったらどうする？」日高亮一がそんな質問をしてきた。

「もしかすると、前の彼氏かもじゃん」山田寛子は言うが、さすがにわたしも、「それなら、気づくよ」と返事をした。八ヶ月も電話で喋っているのだ。

「直接は会えない理由があるのかな」日高亮一がその時だけは少し真面目な声を出した。「悪い意味じゃなくてさ、自由に出歩けない、とか。電話はかけられるけど、それ以外はできない、とか」

「刑務所の中から、とか？」山田寛子が目を光らせた。

「そうじゃなくても、病院にいるとか」

「ああ」とわたしは納得するように声を上げた。その、日高亮一の回答が頭にうまく染み込むような気がしたのだ。

「じゃあ、あれじゃない？　背が高くて、髪が少しぼさっとして、優しい顔してさ、無口な感じの男とか？」

「それって、寛子、誰かを想定して言ってるの？」

するとと彼女はにっこりと微笑んで、「ほら、あの斉藤さん」と言った。一回百円で、音楽のフレーズを提供してくれる彼のことだ。

ああ、それはまたずいぶんと意外なところに、とわたしはぼんやりと返事をしながらも、ありえなくもない話だな、と思った。あの斉藤さんは年齢不詳であるし、苗字にしても斉藤ではないはずだから、板橋香澄の弟であっても不思議ではない。「そう言われると急に、斉藤さんのところに行きづらくなるね」とわたしは冗談めかして言った。

意識したわけでもなかったが、その次に斉藤さんのところを訪れたのは、それからさらに三ヶ月もした後だった。

わたしと学の、定例と呼んでも良いはずの電話での交流は、お互いの距離をこれ以上近づけようとどちらかが言い出すこともなく、心地良いだらだらさを保ち、続いていた。わたしも、彼とはおそらく、ずっとこういう間柄かもしれない、と思いはじめていた。わたしも彼もそれぞれ恋人を見つけ、そのことを電話で話題にするような状況になっていくのかもしれないな、それはそれでいいだろう、と。

ちょうど一ヶ月前からまた、彼の仕事が忙しくなり、電話が途絶えていた。途絶える前日の夜、「少し必死になって仕事をやらないといけないんだ。だから、しばらく電話はできなくて」と宣言した。

「仕事大変だあ」とわたしが言うと、「実はさ、あんまり今の仕事、俺にむいていない気がして、辞めたいと思ってたんだ」と彼は打ち明けた。そんな気配は、いくら仕事の話題がなかったとはいえまったく感じなかったので、わたしはとてもびっくりした。「辞めたかったんだ?」

「事務職、合ってないんだ」と弱々しく言った。「でも、先週、前に教えてくれた人のところに行ってきたんだよ。あの、歌を流してくれる」

「斉藤さん？」

「そうそう」

わたしはそこで、実はあなたこそがその斉藤さんではないかと勘ぐってその話をしたのだ、とは当然言えず、一方では、彼が、わざわざわたしの家の近くのその斉藤さんのところまでやってきたのか、と不思議な気分になった。そうか彼とわたしは同じ地続きの場所に住んでいるのだな、といまさらながらに発見した感覚だった。

「あの人、面白いね」

「どうだった？」

「俺が今の自分の状況を話したら、ちゃんと再生してくれた」

「どんな歌？」

「えっと」彼はそこでがちゃがちゃと何やら操作をしていた。手元にステレオがあるんだけど、と恥ずかしそうに言い、その斉藤さんのところで聴いたフレーズがとても気に入ったので、ＣＤを手に入れたのだと話した。

「何て曲か教えてくれたんだ？」あの斉藤さんが言葉を発するところなど見たことがなかったから、意外だった。

するとすると彼は、「いや、ぜんぜん駄目で」と苦々しい言い方をする。「しょうがないから、片端からCDを買って、聴いて、見つけたんだ」

「あの人、レコード会社の回し者じゃないの?」わたしが笑っていると、そこでCDがかかった。彼は一曲、丸々、流してくれたので斉藤さんがどのフレーズを抜き出したのかは明確ではなかったけれど、わたしには何となく分かる気がした。

『オーイエー! 行こうぜ! もう、準備ならできている。ホップ、ステップ、ウォームアップ、オーノー! その次はジャンプだろ!「変わらないで」なんて、新しいこと望まぬ人よ、さようなら』


わたし自身がそのフレーズに背筋が伸びる思いだった。

「じゃあ」と言って彼が電話を切ったのが、深夜の零時過ぎだ。次にいつ電話がかかってくるのか定かではなかったが、わたしは急に思い立ち、ださいスウェット上下の恰好のまま部屋を出て、地下鉄駅近くまで出かけた。斉藤さんはまだ、いた。わたしは足早で、しかも気持ちの上でもどこか興奮していたので、その長机に両手をつき、やや前のめりの姿勢で、「一回お願いします」と将棋の対局でも申し込むように百円を突き出した。わたしの電話友達が来ましたか? どんな人でした? と訊ねたくもあったが、説明しようもない。

「今のわたし、恋愛とかそういうのがよく分かんないんですけど、あと、友達の仕事が大変そうなんですけど、わたしは特に何もできなくて、もどかしいんです。そんなわたしに合うものを」心なしかわたしの言い方は、名人に難問を突きつけるような口調になっていた。

斉藤さんは例によって飄々としていた。了解、と言わんばかりに指で円を作り、パソコンを叩いた。軽快に曲が流れる。

『僕等《ぼくら》は愛とか恋とか、勝った負けたで忙しい。誰かが涙流したら、僕も泣いてる振りをする。そのうち忘れてしまうさ、忘れちゃいけないことまで。誰かが何とかするだろう、そしてあなたは何処《どこ》へ行く？』

意味はまったく分からないけれど、「ですよねえ」とわたしは答え、そして、ださいスウェット姿でコンビニに立ち寄り、肉まんを買って、帰った。

♪

「学からは連絡なし？」さらに半月近くが経ち、店にやってきた板橋香澄はわたしにそう訊ね、まるで自分が母親であるかのように、「何かごめんねえ、一方的な弟で」と謝罪した。

「ぜんぜん、気にしてないですよ。怒ってないですよ。電話くらいで」と言いながらわたしは、わざと強く彼女の髪の毛を引っ張ってみた。怒ってる怒ってる、と板橋香澄が喚《わめ》くので、店内のほかの客から視線が寄越される。

「仕事柄、しょうがないんだろうけどね。まあ、学は学なりに考えているようだけど」

「考えてるって、転職をですか？」

そこで板橋香澄は正面の鏡でわたしを見つめ、その目は少女の如く輝いていたのだが、「ねえねえ、今日、わたしの家に来ない？」と言ってきた。

「香澄さんちに？」今まで外では何度か会ったが、家に呼ばれたのははじめてだった。

「そうそう。一緒にテレビでも観ようよ」

「テレビですか」わたしは訳が分からず、彼女の発する言葉から真意の輪郭を切り取るような気持ちで、鋏を動かした。

「凄く昔に喋ったことあるけど、ボクシングの試合の結果で、告白するかどうか決めようとした人がいるって言ったでしょ」

「ああ、テレビの企画で？」

「それと同じことを、わたしの弟が企《たくら》んでいるようなんだよね」

「え」

「今日、ちょうどヘビー級の世界戦があるんだけど、ほら、あの」と彼女が店の壁にまなざしを向けた。店長お気に入りの、ヘビー級ボクサー、ウィンストン小野のポスターが貼られている。わたしの知らない間に、彼も成長し、ついに世界チャンピオンに挑戦する機会を得たらしい。

「ヘビー級っていうから、もっと巨人というか、太ってるイメージがあったんですけど」

「まあ、身体は絞ってるからね。マイクタイソンだって、巨人って感じじゃなかったし。ただ、日本人で、挑戦する男がいるなんて、昔は思わなかったけど、時代は変わるもんだね」板橋香澄は感慨深そうに首を振った後で、「で、そうそう、その試合の結果、挑戦者が勝ったら、学はあなたに告白するっぽいんだよ」と続けた。

「はい？」わたしはまず目をしばたたき、それから周囲を見渡し、さらには鏡に映る自分の顔が赤らんでいるのを確認し、口をぱくぱくとさせた。

「馬鹿だよねえ」

「他力本願じゃないですか」わたしは言った。照れ臭かったこともあるが、半分は本気で腹が立った。「もし、その人が負けちゃったら、どうするんですか」

「美奈子ちゃん、どう？　嬉しい？　嬉しくない？」板橋香澄が目を細めていた。

「何か」とわたしは混乱しつつ、言った。「何か嫌です」

だよねえ、と彼女もうなずいた。


板橋香澄の家は小綺麗な、しかも高級そうなマンションだったが、そのこと以上にわたしを驚かせたのは、彼女が既婚者だという事実だった。

「どうして言ってくれなかったんですか」

「言わなくてもいいかなーと思って。それにさ、どうせなら、独身だと思われたいじゃない」彼女は部屋にわたしを上げると、「くつろいじゃっていいからね。うちの旦那、出張中だから」と言った。

　わたしは室内の家具を眺めながら、ソファのどこに腰を下ろしたものかとおろおろしていた。窓際の棚に写真が並んでいて、そのうちのどこかに学の姿がないか、と目を走らせそうになる。探してどうする、と自分をたしなめる。

板橋香澄は届いた宅配ピザをテーブルに広げ、冷蔵庫から缶ビールを持ってくると、「さあ、試合を応援しようではないか」と高らかに言った。「美奈子ちゃんのために」

わたしはそもそも格闘技というものに疎《うと》かったから、果たして試合中継を楽しめるのだろうか、と不安で、試合開始までのセレモニーや、選手二人についての長々とした紹介も退屈だったので、これはあまり気乗りしないなあ、と思っていた。

学が、自分との関係を、ボクシングの試合結果で決めるというのも気に入らなかったが、試合がはじまると惹き込まれた。

ゴングの響きと同時に、二人の大きな男たちがぶつかり合った。締まった体が素早く動き、拳が振られる。お互いの腕や肩が衝突する時のどん、どごん、という響きがこちらにも伝わり、真剣勝負の緊張感がわたしを包んだ。ヘビー級という言葉からは、どこか鈍重なイメージがあったが、まるで違った。鋭い拳が、何度も宙を過《よ》ぎる。

視界の端に何かが映ると思えば、ソファから背中を離し、腕を振り、首を揺する板橋香澄の姿だった。気づくとわたしも同様の反応をしている。釣られて、身体が動く。

「二人ともファイター同士だから、見応えあるよね。判定なんて気にしてないんだよ。ボクシングはこうでなくちゃ」板橋香澄が目を輝かせながら言うが、わたしには意味が分からなかった。ただ、この試合を今、全国のさまざまな人々が観戦し、しかも身体を揺すり、興奮しているのかと想像した。

二ラウンド目も、一ラウンド目と同様の打ち合いだった。日本人選手はこざっぱりとした短髪で精悍《せいかん》な顔立ちだったが、どこか幼くもあり、それと向き合うチャンピオンは余裕を携えた大人に見えた。

「倒せ！」と板橋香澄が言った。

瞬間、日本人選手の右腕がぐんと伸びた。当たれ、とわたしもいつの間にか、そちらに肩入れしていた。学の告白などは関係がなく、ただ、試合にのめり込んでいた。チャンピオンが背中を反《そ》らし、避けた。そして、不敵な笑みを見せた。彼がダウンするようなことなど絶対にないように思えるような、小憎らしいばかりの笑いだった。

ラウンドが終わるたび、わたしは詰めていた息を吐いた。缶ビールに口をつけ、板橋香澄も言葉数が減った。

ラウンドを重ねるに連れ、画面の中の選手たちの動きにも少し鈍さが透けてくる。これを続けていくなんて大変だろうな、とわたしが単純に思った矢先だった。チャンピオンの外国人選手が、ロープを背中にした日本人選手に、右腕を振った。日本人選手はそれを、肘を折った腕で防いでいた。チャンピオンが一歩後ろに退くと同時に、ガードの隙間《すきま》から挑戦者の目が光るのがわたしにははっきりと見えた。まったくの素人《しろうと》の観戦初心者のわたしに言われたくもないだろうけれど、

「今！」と咄嗟《とっさ》にわたしは言っていた。

挑戦者の右腕が走った。「倒せ」と板橋香澄がまた声を上げた。

後ろに倒れるチャンピオンの姿は、とてもゆっくりとしていた。

♪


清々しい気分で、板橋香澄と抱き合い、冷めたピザを食べた。良かった良かった、良い試合だった、と彼女は言った。

「いやあ、興奮しました」わたしは正直に感想を述べた。

そして、自分でも意識していなかったが、自分の携帯電話を机の上に出していた。板橋香澄が目ざとく見つけ、「お、他力本願の男からの電話を待ってるの?」と微笑んだ。

本当に告白などしてくるつもりなのだろうか、とわたしは半信半疑で、さらに言えば、ボクシングの結果に大事なことを託した彼を許したくない気持ちもあったのだけれど、ただ、今観た試合の感動がそういったものをうやむやにしつつあった。

試合の中継が終わったテレビではいつの間にか、ドラマがはじまった。特に興味はなかったが漫然とそれを観ていた。電話は鳴る気配がなかった。というよりも、もし本当に電話があるのだとしたら、自宅で受けたほうが良いような気もした。

「新チャンピオンは引っ張りだこだろうね」板橋香澄がチャンネルを替えた。するとその番組には、先ほどチャンピオンとなったばかりのウィンストン小野がラフなシャツを着て、姿を見せていた。まだ疲れがあるからか、ぼそぼそと受け答えをしている。

「何で、ウィンストン小野なんて、変な名前か知ってる?」板橋香澄が不意に言った。

「何でですか？」

「ジョン・レノンっているでしょ。あの人って、ジョン・ウィンストン・レノンって名前なんだよね。ミドルネームのウィンストンって、イギリス首相の名前で。ただ、オノ・ヨーコと結婚した後で、ミドルネームを、ウィンストンからオノに変えたかったんだって。でも許可が下りなくて、結局、パスポートとかには、ジョン・ウィンストン・オノ・レノンなんて馬鹿みたいに長い名前を書いてたんだってさ。うちの旦那が言ってたんだけど」

「そこから取ったんですか？　小野って名字だから？」とわたしは、テレビの中の新チャンピオンを見る。

「そうそう。わたしの旦那が冗談で提案したんだよ。どうせリングネームつけるなら、レノンのを使えばって」

「旦那さんが？　え？　知り合いなんですか」

「学って名前じゃあ、弱そうでしょ」板橋香澄がそう言って顔をくしゃっとさせ、わたしは、「はい？」と混乱を覚え、画面をまじまじと眺めるほかなかった。

「わたしの旧姓、小野だし」

「あのどういうことですか」

「事務職ってさ、たぶん、ボクシングジムのジムと引っ掛けたんだ。弟ながら、うまいことを考えたよねー」

「あの」

「美奈子ちゃん、格闘技とか嫌いって言ってたから、最初は仕事のこと隠しておけってわたしが忠告したんだよ」板橋香澄が自慢げに言うが、わたしにはうまく耳に入ってこない。

そこでマイクを向けられた新チャンピオンが、精悍で鋭い顔つきを崩し、「次の挑戦は、ある女性に会うことです」と恥ずかしげに言った。

司会者は当然ながらそれを冗談だと受け止め、爆笑し、「これをその子が観てたら、どうするの？」などと応じていた。

「たぶん、観てないですよ。格闘技に興味はなさそうだから」と新チャンピオンは答える。

観ているんだよなあ、これが、と板橋香澄がソファでくつろぎ、にやにやとしている。

わたしは呆然とするほかなかった。

「テレビ番組を通じて、こんなこと言われてもねえ」板橋香澄が言う。

わたしは苦笑し、「重いですよ」とだけ言った。まあ、人によりますけど、というのは呑《の》み込む。


♪


板橋香澄のマンションを後にし、自宅へと戻った。彼女が言うには、まだ学はいろんなテレビ番組に引っ張られるだろうから、電話はしばらくかかってこないよ、ということだった。

「試合が終わったばかりなのに？　テレビ局って容赦ないですね」

「まあ、ボクシングの試合をやるには、いろんなことが必要なんだ」と板橋香澄はその時だけ、ボクサーである弟を労《ねぎら》う台詞を吐いた。「学は頑張ってるよ」

地下鉄の階段を通り過ぎたところ、恒例の場所でちょうど斉藤さんがいるのが見えた。一度は行き過ぎたが、わたしは引き返した。百円を取り出して渡したところ、彼は、こちらの話を聞くよりも前から全部を分かっているような顔でうなずき、パソコンを操作した。

流れてきたのは軽やかで、楽しい次のようなフレーズだった。

『グッドデイ出かけようぜ。グッドデイ始めようぜ。新しい太陽、次の百年、今がグッドタイミング。始めようぜ、待っていたんだ、そう今がその時、絶好のタイミング』

それ以降、斉藤さんはその場所から姿を消した。おそらくは別の町へ行ったのだろう、だからこれはこれで寂しいことではない、とわたしと学は納得し合ったが、日高亮一は、「きっと、JASRACと権利関係で揉めたんだ」と勝手な想像を巡らし、楽しんでいた。

ドクメンタ

ワールドカップは四年に一度、信州の諏訪《すわ》市で開催される御柱祭《おんばしらまつり》は六年に一度だ。一年に一度やってくるのは誕生日だが、では、五年に一度やってくるイベントは何か。藤間は一戸建てのダイニングテーブルで缶ビールに口をつけながら、架空のクイズを頭の中で出している。「五年に一度のものは何でしょうか」

以前、同じ職場の後輩に同じ問いをぶつけたところ、「藤間さん、それ、ドクメンタですね」と自信満々に答えられ、「その、毒っぽいのは何だ」と訊ね返したことがあった。ドクメンタとは、ドイツで五年に一度、開催されている現代美術の展覧会なのだ、と自慢げに説明する後輩もその詳細についてはまるで知らず、「たぶん、ドキュメントという言葉から派生した名前なんじゃないですかね」と当てずっぽうよろしく軽い口調で言った。「どうせ、記録とか文書とかそういう意味合いですよ」

「どうせ、とは何だかひどい言われようだな」と藤間は笑った。

が、ドクメンタなる海外のイベントなど関係がなかった。もっと身近に、五年に一度、開催される行事がある。

自動車運転免許の更新だ。

藤間はテーブルの上に置いた、運転免許証を見る。

五年前の自分がいた。表情に愛想はなかったが、怒りや不満が滲んでいるわけでもない。この時は、と思わずにはいられない。妻がいて、娘は一歳になった頃か。まだ、この家で、家族と一緒に暮らしていた時の俺だ、と思うと、五年前の自分に対し、やっかみの気持ちが湧いた。「おまえは知らないだろうが」と写真の自分に対し忠告したくなる。「次の更新の時には、一人寂しく、缶ビールを飲んで、妻からのメールが来ないかと携帯電話を何度も何度も眺めるような男になっているんだよ」

テーブルには、一年前に動物園で撮影した家族の写真も置いてあった。娘が保育園で作ったという手製のフォトスタンドに入れてある。象の前で、右腕を鼻に見立てておどける娘を挟み、妻と藤間の顔がある。撮影してくれたのは、その場にいた若い女性だった。藤間は唐突に思い出した。三歳ほどの子供を連れた上に、抱っこ紐を使い、赤ん坊を抱えていた。「あなたのああいうところが嫌い」妻はその日、夜になり、娘が寝た後で言った。「小さい子供と赤ん坊がいて、大変そうな母親に、写真を撮ってくれますか、と平気で頼むなんて、わたしには信じられない」と軽蔑の眼差しを向けた。「撮ってもらった後も、ろくにお礼言わなかったじゃない」

「そうだったか」藤間は、その指摘に茫然と答えるほかなかった。記憶にはない。が、事実なのだろうとは推測できた。

「あなたって、何だかいつも大雑把で、ほら、あれが足りないんだよね」

「あれとは？」と聞き返した時には、自分でもぴんと来ていた。

「繊細さ」と妻が言うのと、同時に藤間も答えている。「繊細さ、か」

几帳面で、神経質なほどに自分の行動をチェックし、ミスをできる限り起こさぬようにと気をつけ、細かい誤りについても、ずるずると反省の気持ちを引き摺《ず》り、くよくよする性格の彼女からすれば、大雑把で、気遣いに欠ける藤間は常に苛立ちの種だったのだろう。が、藤間はそのことすら神経質には捉《とら》えられず、「そのうち彼女も、俺の性格に慣れるだろう」と大らかに構えていた。

子供が生まれた際、どちらに転ぶのか、と藤間は思ったことがある。赤ん坊を育てることはおそらく楽なことではないだろうから、妻の細やかな気配りと、丁寧さを維持したままでの生活はままならないだろう、彼女も手抜きを学び、つまりは藤間の粗雑さにも理解を示してくれるのではないか。もしくは、持ち前の生真面目さと潔癖さを発揮し、赤ん坊を育てながらも、きめ細やかに家の事をこなし、いっそう、大雑把な藤間に苛立ちを感じるようになるのか。いったいどちらの展開が待っているのか、と、遠い国の戦争の行方《ゆくえ》を想像するかのような感覚で、思った。

結果は、望ましくない方向に出た。

「わたしは、こんなに頑張って、できるだけきっちりとやっていこうと思っているんだけれど」

「君はきっちりやっている」

「わたしは全然、完璧にはできていないけれど」

「できているよ」

「できていないけれど、それにしても、頑張ろうという気持ちはある。それに比べて、あなたは元から、頑張ろう、ちゃんとやろう、という気持ちがないでしょ」

「そんなことはない」実際、そんなことはなかった。藤間は、自分の意識できる範囲においてだが、ちゃんとやろう、とは心がけていた。ただ、その心の網が大まかなだけなのだ。

「ゴミを捨てていくから、と言っておいて、忘れるでしょ。残業で遅くなる時には、電話をかける、と約束したのに忘れる」

「急に残業になる時は、本当にばたばたしているパターンが多くて、連絡もしにくいんだ」

「でも約束したでしょ。なのに、忘れているのは、どうせ約束を破ってもいい、と思っているからじゃないの？　納戸の中を整理する、と言ったきり、一年もあんな感じだよ」

妻の指差した先には廊下があり、納戸はその北側の壁にあった。中には、釣り道具であったり、スノーボード用具であったり、エレキギターであったり、と藤間の荷物が詰まっていた。

「どれも途中で投げ出して。地道に物事を続けるということが、あなたは本当に苦手だよね」妻は怒るでも呆れるでもなく、どこか達観した様子でもあった。今年の冬はとても寒いよね、とどうにもならぬ気候の観察記録を述べるのにも似ていた。「何でもかんでも大雑把で。掃除とか整理整頓とか、そういうのに興味がないんだよ」

「仕事が忙しくなると、気分転換に、いろいろしたくなってしまうんだ」藤間は正直に答える。

藤間の勤務している会社は、市場調査の依頼を受け、登録会員にアンケート回答を依頼し、その集計を行い、分析結果を報告することを主な業務にしている。社員の大半は、調査や分析を担当するが、藤間が任せられているのは社内で使うシステムの管理だった。各社員が使うパソコンの管理や、データを保管するサーバーの保守メンテナンスをする。

コンピューターってちょっとした間違いでも、大変なことになっちゃうんでしょ？　あなたによく務まるわね、と妻には、結婚前から苦笑されていたが、藤間自身も不思議だった。生来、面倒臭がりで、気が短く、細かい作業が苦手である自分がどうしてシステム管理などをやっているのか、と。しかも、失敗は少なかった。社内にいる自分は、私生活における自分とはまったく別で、つまり表と裏と言えるほど性格が異なっていた。「たぶん、自分の性格を知っているだけに、迷惑をかけたらいけないと思って、会社では必死に、集中力を使っているのかもしれない」と以前、説明したことがある。実際、それが真実だと感じていたが、妻は、「そう」とつれなかった。彼女からすれば愉快なはずがない。「家庭では、迷惑をかけてもいいと思っているわけね」と言いたかったはずだ。

「たぶん、血液型がABだから、ほら、よく言われるじゃないか、二重人格的だって」藤間が苦し紛れに言うと、妻はより冷たい眼差しを向けてきた。「血液型なんて科学的じゃないし、もし、そうだとしたら、几帳面なAのほうを家庭で発揮してよ」

兎《と》も角《かく》、藤間は社内では几帳面で、ミスの少ない社員として認められ、信用を得ていた。が、その信用も半年ほど前に崩れた。「さようなら」とだけ記したメールだけを残し、妻が子供を連れ、家を出て行ったのだ。藤間は状況が呑み込めず、いったいどうして、と困惑と怒りで頭はいっぱいいっぱいとなった。サーバー端末の作業をするのにはまったく適さない精神状態であったにもかかわらず、深夜の保守作業を行うことになり、気づけば、叫び声を発し、目の前の机を蹴飛ばしていた。記憶は残っていなかったが、一緒に作業をしていた後輩社員から聞いた話によればそうだったらしい。

蹴った振動で棚が落下し、それをきっかけに後輩の手にあったコーヒーが零れ、バックアップデータが見事に消失した。

藤間は落ち込み、しばらく会社を休んだ。迷惑をかけた責任を取り、会社を辞めるべきではないかと悩んだが、結局は復帰した。

周囲の同僚たちはみな優しかったが、藤間は自分のだらしなさが露呈し、妻同様に全員から愛想を尽かされたかのような恐怖を感じずにいられなかった。それからは初心者ドライバーが慎重に駐車をするかのように、おっかなびっくりと同僚たちに接し、おそるおそる仕事をこなしているうちに、半年が経った。

手元のカレンダーをめくり、免許証を眺める。

テーブルの上で頰杖《ほおづえ》を突き、藤間は想像する。彼女は今年も日曜日に来るのだろうか、と。

妻以外の女性と遭遇することを考えるのは不謹慎ではないか、と罪悪感がちくちくと胸を突くが、すぐに打ち消す。これはそういうものではないのだ。

実際、藤間とその女性とはまったくもって、そういう関係ではなかった。


♪

初めて藤間がその女性と会ったのは、十年前だった。二十九歳で新婚の藤間に、「すみません」

と声をかけてきた。

列に並んでいた藤間は、目の前のブースから出てきた小柄な女性が、顔面に手を伸ばしてくるので、のけぞりながら避けた。「何ですかいったい」

「すみません、眼鏡、貸してくれませんか」と彼女が言った時には、すでに眼鏡を取られていた。たすきのようなものを体に巻き、赤ん坊を抱いていたが、その赤ん坊も目を丸くしている。

「えっと、わたし、いつの間にか視力が落ちていたみたいで、検査、引っかかっちゃったんです。ただ、免許更新の期限、今日までだし、午後は予定があって、今から眼鏡を作りにいくわけにはいかないし」

藤間は体を傾け、前方のブースを見た。

自動車免許センター内の、視力検査所だった。受付時間はすでに終了しており、更新を行う大半の者たちは視力検査を終え、待合所の椅子に腰掛け、写真撮影の呼び出しを待っている。だから、視力検査に並ぶ人間はほとんどおらず、藤間の後ろに数人がいる程度だった。

ブースの中の係員が、「何やっているんですか」と声をかけてきた。藤間の眼鏡を持った女性は、「はい、これでもう一度、測ってください」と答え、そのまま中に戻っていく。

「他人の眼鏡で、視力が合うわけないだろうに」藤間は声をかけるが、赤ん坊を抱えた彼女は、「大丈夫ですから」と言い残し、戦場に行くかのように勇ましくブースの中に消えた。

「どうもありがとうございました」彼女は検査を終えて出てくると、眼鏡を寄越してきた。「おかげさまで、クリアしました」

「ああそう」藤間はぼんやりと答える。すぐに名前を呼ばれたので、ブースの中に入り、検査を受けた。「どうしてみんな更新期限ぎりぎりにならないと、腰を上げないのかねえ」と視力検査の担当者が言った。独り言のようであったから、藤間は返事をしなかった。「昔は誕生日までが更新期限で、今はそれから一ヶ月も余裕ができたのに、結局、ずぼらな人間はずぼらなままなんだな」

待合所の椅子に腰を下ろしていると、先ほどの子連れの女性が近づいてきた。「助かりました」

髪を後ろで縛り、化粧気のほとんどない顔は、素朴とも味気ないとも言えたが、それでも鼻筋が通り、二重瞼の目が大きいからか、小鳥のような愛らしさを感じさせた。髪の毛は染めた茶色と、もともとの黒色が混ざり合っている。美容院に行く余裕もないのだろう、と藤間は想像した。

「わたし、平日にはよっぽどのことがないと休みが取れなくて」

「俺もそうですよ」

「更新に来られるのは今日しかなかったんです。最後の日曜日。ちょうど、更新日ぎりぎりでした」

「ああそう」藤間は何と答えるべきか悩み、相槌を打つ。「追い込まれないと、宿題をやらないタイプだったり？」と訊ねた。

嬉しそうに彼女は、「そうです、それです」と歯を見せた。「年賀状も大晦日《おおみそか》に書いてたりして。最近はもう、新年明けてから送ったり」

「旦那さんはそういうのに寛大？」言った瞬間、藤間はずけずけと家庭の話に踏み込むべきではなかったか、警戒されてしまったか、と少し焦る。「俺がね」と弁解気味に言った。「俺がね、よく奥さんに怒られるから」

「え？」

「俺も今日が、免許更新の期限、最後の日曜日なんですよ」

ああ、と彼女は顔を明るくする。赤ん坊は目を閉じたままで、その瞼から飛び出す睫毛が、この世の中で最も繊細なものとも思えた。「平日は休めないですもんね」

「そうですね。なかなか」と藤間は答えた後で罪の意識を覚え、「いや、実際は休めなくもないんです」と白状した。「断固たる意思を持って、事前に届け出ていれば。ただ、俺はそういうのは苦手で」

「年賀状を大晦日に書くような？」

「最近は新年に。面倒臭がりなんだろうね。何でも先延ばしで」

「同志ですね」彼女は笑うが、顔には暗い影がちらちら浮かんでいる。「でも、男の人はまだいいですよ。わたしみたいに、女なのにまめじゃないと、最悪ですよ。掃除も苦手だし、食器洗いもすぐにやらないから、仕事から帰ってきた旦那がやったりして」

「お互い、離婚されないように気をつけないと」藤間は言ったが、もちろんその時は、冗談に過ぎなかった。ただ、その時の彼女が少し深刻な色を浮かべ、「ですね」と洩らすものだから少し申し訳ない思いに駆られ、「でもまあ、今は赤ちゃんがいるから家事に手が回らなくてもしょうがないですよね」と言い足した。「うちは子供がいないから、よく分からないけれど」

「でも、この子が生まれる前から、わたしは面倒臭がりで、年賀状は遅くまで書かなかったし、免許の更新もぎりぎりだったし、これはもう性格なんでしょうね」

藤間自身もそうであるため、その答えには納得したが、だからと言って、「そうですね、あなたの性格の問題ですね」と答えることも憚《はばか》られた。

彼女は、自分の胸の位置にある、赤ん坊の寝顔を見下ろしている。あまりに優しさに満ちた眼差しで、藤間ははっとした。意思や感情を超えた、ごく自然に顕《あら》われる温かみに、戸惑いすら覚えた。その、母なる彼女の視線により、赤ん坊の寝顔がさらに穏やかになるかのようだ。

「可愛いですね」藤間は言った。半分は、彼女を元気付けるために口にしたようなものだった。

「はい」と彼女は笑い、その後で、「でも」と言った。「でも、やっぱり、育児って、本当に大変です」

それは、腹の底から湧き出てきた、本心の吐露だった。

誕生日が一日違いであることを確認した頃、写真撮影の呼び出しがされ、藤間は席を立った。

「じゃあ、ここで」と挨拶をする。その子供が男であるのか女であるのか、それくらいは訊くべきだったな、と後でふと思った。


♪

「藤間、離婚したのか。どうやって」課長が自分で自分のグラスにビールを注《そそ》ぎながら、言った。

豪放磊落《らいらく》で、横車を押すことが得意な彼は、社内のことも学生時代の運動部内のできごとと同等に捉えているのか、上司というよりは無理難題を押し付ける先輩に近く、その分、部下に対して親身になることも多かった。が、「離婚したのか」と目を輝かせたのは単に好奇心のためだろう。

「課長、どうやって、という質問も珍しいですよ。普通は、どうして？　と訊くんじゃないですか？」

「いいか、外交問題の解決に必要なのは、どうして？　じゃなくて、どうやって、なんだ」

「夫婦の関係は外交とは違いますよ」

サーバーの失敗を犯した後、精神的に疲弊したため、まとまった休みを取った。課長が、「気持ちが沈んでいる時は、まず眠るしかない」と言ったこともある。そして会社に復帰し、数日が経った頃に、「藤間、飲みに行くのは今日にするか」と課長が声をかけてきた。飲みに行く約束などまったくなかったにもかかわらず、「飲みに行くことが前提」となっている呼びかけに、藤間は苦笑した。就業時間の終わり間際になると課長は絨毯《じゆうたん》爆撃よろしく、部下に声をかけ、居酒屋に誘うことが多い。若い社員にすげなくされても、不愉快さは微塵《みじん》も見せず、からっとしたものだった。だからなのか、それほど嫌がられておらず、気が向いたら、課長と二人きりで飲みに行く、という社員は意外に多かった。

藤間は会社近くの居酒屋の個室で課長と向き合い、はじめは仕事のこと、そのうちに家族の話になり、否応《いやおう》なく、妻子が家から出て行ったことを喋った。

「いいか、藤間、外交そのものだぞ。宗教も歴史も違う、別の国だ、女房なんて。それが一つ屋根の下でやっていくんだから、外交の交渉技術が必要なんだよ。一つ、毅然《きぜん》とした態度、二つ、相手の顔を立てつつ、三つ、確約はしない、四つ、国土は守る。そういうものだ。離婚だって、立派な選択だ。ともにやっていくことのできない他国とは、距離を置くほうがお互いの国民のためだからな」

藤間はどう答えたものか悩むが、課長の述べることの軽薄な馬鹿馬鹿しさはありがたかった。

「あれか、おまえか奥さんが浮気でもしたのか」

「理由はどうでもいいんじゃなかったんですか？」と藤間は言いつつも、「違います」と答えた。少なくとも俺は浮気をしていないですよ、と。

「じゃあ、何だ」

「ある時、突然、娘を連れて出て行ったんです。だから、こっちは驚いてしまって、会社に迷惑をかけることになったんですけど」

「ほらな」課長はなぜか喜び、鼻の穴を膨らませる。「外交問題でしくじると、第三国にも迷惑がかかるんだよ」

「でも後になって、妻が怒ったきっかけは何となく分かりました」

「おお、言え。言ってみろ。きっかけは何だ」課長はふんぞり返る。

「簡単に話すと」と言った時点で藤間は恥ずかしさを覚えている。「俺がある時、バーゲンでセーターを買ってきたんです。それを居間で広げて。買ったばかりの服にはタグがついているじゃないですか。サイズやら何やらが書かれているやつです。小さくて、紐があって。それで俺は鋏を持ってきて、それを切って」

「ずいぶん細かい話だな」

「で、セーターは自分のクローゼットにしまいました」

「問題はなさそうだ」

「しばらくしてから、妻がその場に置いてあるタグを見て、『これ、捨てちゃっていいの？』と言ったんです。もちろん、捨ててかまわない、と俺は答えました。『じゃあ、こっちの鋏はあなたが戻しておいてね』と言って、彼女はタグをゴミ箱に捨てました」

「それがどうしたんだ」

「その後、俺、忘れていたんです」

「何を」

「鋏を片付けるのを」

「嘘だろ」課長は目を見開き、口元を緩める。驚きつつも笑い出しそうだった。

「嘘じゃありませんよ。鋏は片付けていなかったんです。もちろん悪気はありませんよ。よくあるんです、俺はそういうことが」

「そうじゃなくて、まさかそんなことが離婚のきっかけ、とか言うんじゃないだろうな、という意味だ」

藤間は肩をすくめる。その時、しばらくして、妻が鋏を片付けているのを見て、しまった、と思い、「鋏のことを忘れていた」と言ったが、彼女は無表情のまま、「いつものことだから」と洩らしただけだった。後から思えば、その横顔には覚悟めいたものが浮かんでいた。

「鋏を片付けなかった程度のことで、出て行くなんて、どれだけ細かいかみさんなんだ」

「いえ、そうじゃないんですよ」藤間は強調するために、少し声を大きくした。「積み重ねなんです。悪いほうの積み重ねで。さっきも言ったように、俺はそういうことが本当に多いんです。ずぼらで、いい加減だから、忘れ物が多くて、うっかりとヘマをやることもしょっちゅうで、そういったことに対する不満が妻にはずっとあったんです。彼女はそれを我慢して、その我慢の風船が膨らんでぱんぱんになっていたところに、鋏が」

「鋏は尖ってるしな。風船を割るには、もってこいだ」課長は言う。適切なコメントなのかどうか、藤間には分からなかった。「それにしても、それくらいでか。人にミスはつきものだろうが」

「俺の場合は、頻度が高すぎるので。しかも、心のどこかで、これくらいいいじゃないか、と思っているところがあるのかもしれません。反省していない相手はやっぱり、外交上、嫌われますよね」

「そこまで分かっているのに直せないのか」課長は呆れるが、ビールを飲み干してから、「まあ、でも、直らないんだよな、性格ってやつは」と自分に言い聞かせるようにした。「ただ、藤間、おまえってそんな性格だったか？　几帳面で、細かな作業が得意にしか見えないぞ。だからこそ、システム管理の担当に抜擢《ばってき》されたんだろうが」

藤間は眉のあたりを掻き、箸で唐揚げを挟み、「二面性なんです。血液型がＡＢですし」と投げ遣《や》りに言った。

「何でも血液型のせいにする奴を、俺は嫌いじゃないぞ」課長が嬉しそうにうなずいた。「でもまあ、それで離婚とはなあ。藤間も大変だ」

「まだ、正式に離婚はしていないんです。出て行っただけで」

「どこにいるんだよ、今は」

「俺はもともとの我が家にいます。一人寂しく。奥さんと娘はどこだろう。たぶん、実家だと思うんですけど」

「実家はどこだ」

「東京です」

藤間は、妻の実家には連絡を取っていなかった。正確には一度、電話をしたものの、「娘と孫がどこにいるのかなど知らない」とぴしゃりと撥《は》ね除《の》けられた。もともと、藤間とは相性の良くない岳父、岳母であったから、事情を知った上で無下にされているのかどうかもはっきりしなかった。まだ、娘は小さく、保育園を変えても大きな影響はないことも、妻の家出を後押ししたのだろう。

「ややこしい外交問題に発展しちゃってるんだなあ」

「どうすればいいんですかね、課長」

課長は口を真一文字に結び、唸《うな》るような声を上げた。それから、「俺にはどうすりゃいいかなんて分からないけどな、アドバイスできるとしたら」と言った後でビールを一口飲み、さらに焼き鳥にかぶりつき、串を引き抜いた。「この間、俺はな、家族でディズニーランドに行ったんだよ。最近は、ディズニーリゾートっていうのか？　女房と娘が好きだからな、ついていった」

「家族思いですね」

「これも外交だ」課長は言う。「で、パレードがあったんだがな、最後、ミッキーマウスがみんなの前を通りながら手を振ってくれたんだ」

「ああ、でしょうね」

「俺は何とはなしに、一緒に合わせて、手を振ってみたんだ。ミッキーが振っている間、ずっと俺も」

「どういうことですか」

「ミッキーはあっちを向いてもこっちを向いても、ずっと手を振ってるんだよ。でな、あれは結構、きついぞ。こうやって、手を振るのはかなりきついんだよ。やってみろよ」

やってみろよ、と言われて藤間も困惑するが、確かに右手をぶるぶる十秒ほど振っただけでも手首が痛くなった。

「それをあいつはずっとやってんだよ。大したもんだよ。相当、疲れるぞ。あれが仕事だと言ってもな、普通はできねえよ」

「仕事、とか言わないでくださいよ」

「ミッキーはしかも、顔色一つ変えないんだぞ」

「顔色って」藤間は、課長の顔をじっと見る。そこで話題が終わる気配があった。

慌てて、「課長、その話から何を読み取ればいいんですか」と言う。

「俺に訊くなよ」

♪

運転免許センターで会った女性が抱えていた赤ん坊、その赤ん坊の性別を、藤間はその五年後、今から五年前に知った。つまりは次の更新の際に、ばったり再会したのだ。その女性のことはすっかり忘れていた。向こうも同じだっただろう。

初めに気づいたのは、藤間のほうだった。日曜日の混雑するセンター内で、視力検査の列に並んでいた時に、「そういえば前回は、ここで子連れの女性に眼鏡を取られたな」とまさに五年ぶりに思い返したのだが、すると目の端に、子供の姿が映った。ヒーロー物番組のキャラクターがプリントされた上着を着て、あたりを興味深そうに、警戒しつつも見やっていた。右手を辿れば、しっかりと母親の左手と繋がっており、その先をさらに辿ると女性の顔があり、その後で、あの時の彼女だ、と分かった。視力検査は終えているのか、待合室のところにぼんやりと立っていた。

藤間は苦笑を浮かべる。誕生日を越え、さらに一ヶ月が過ぎ、今回も期限ぎりぎりになって、その最後の日曜日にやってきたというわけだ。

声をかけようとは思わなかった。五年の歳月を挟んでの再会は、それなりに、「偶然の悦《よろこ》び」を備えていたが、あちらが覚えているかどうかも分からず、親しげに接近するのも失礼に思えた。だから、「あれ、偶然ですね」と向こうから話しかけてもらえたのは、ありがたかった。藤間が視力検査を終え、ふらふらと歩いていると後方から彼女がやってきたのだ。隣にいる男の子が、「ママ、ねえ誰なの、この人」と彼女にしきりに質問していた。

「五年ってあっという間ですね」彼女は椅子に座ったところで、言う。「もう三十ですよ」

「まだ三十じゃないか」藤間は本心から、彼女が羨ましかった。その時の藤間は三十四で腰周りにつきはじめた贅肉《ぜいにく》が気になりだしていた。

「五歳」と男の子が手のひらを開く。

「そうかあ」と藤間は目を細めた。

「もしかするとお子さん、生まれました?」

「え?」

「違いますか? わたしの経験から思うんですけど、自分の子供が生まれると、他人の子供もやたら可愛らしく見えるんですよね。今、藤間さんがずいぶん優しい顔をしたから」

なるほど、と藤間はうなずいた。「実は一年前に生まれたんだ」

息が出る。それは、この歳になって唐突に書道教室に入会したかのような、気恥ずかしさであったが、同時に、毎日、一歳児の理不尽な自己主張に振り回されている疲弊が、自然と零れたせいでもあった。

「男の子ですか?」

「娘です」藤間は言い、やはり照れ臭さから顔をしかめ、また息を吐いた。「育児って大変ですね」

彼女は噴き出した。「でも、ほら、うちの子もこれくらいになるとずいぶん楽ですよ」と男の子の頭を撫で、ねえ、と言う。

改めて彼女の顔を見る。五年前に比べ、幼さは減ったのかもしれず、むしろ母親としての力強さが増しているのは分かったが、それでも老いたようにはまったく見えなかった。だから、「心なしか、五年前よりも若くなったような」と言っていた。

「そうですか？」と大袈裟《おおげさ》に喜んでみせる彼女に、男の子が、「ママ、お世辞だよ。その気にならないで」とすかさず言った。「お父さんがいなくて、隙があるんだから」

彼女が苦笑した。「よく分かんないのに、隙がある、とかこういう台詞だけは耳で覚えて、言うんですよね」

藤間は言葉を探す。「もしや」

「うちの人、出て行っちゃって」

浮気ですか、と藤間は喉まで出かかったが、子供の手前、堪《こら》える。が、その子供のほうが先に、

「浮気ではないよ」と言うので、のけぞってしまう。「浮気って何だか知ってるのかい」

「知らないけど。皆殺し、と似たようなものでしょ」

子供の発言があまりに物騒で、藤間は、「え」と当惑した。

「あ、それ、わたしが説明する時にそう言っちゃったんですよ。浮気ってほら、みんな不幸になるとか言うじゃないですか。だから、皆殺しみたいなものだよ、って」彼女は歯を見せる。「実際、旦那は浮気をしているわけではなさそうなんですよね。それとも、わたしが気づいていない

だけなのかなあ。それよりも、やっぱり、わたしの大雑把で、いい加減な性格に愛想を尽かした、というのが理由のはずです」

「他人事《ひとごと》とは思えないな」藤間は言ったものの、まだ、他人事だった。娘が生まれ、妻はその相手に疲弊している様子だったが、子供の愛《いと》しさがそれに勝っているのか、藤間の前では苛立ちや不満を洩らすことはほとんどなく、離婚などは非現実的な出来事に思えた。後から考えれば、その時には妻はすでに、繊細さに欠ける藤間に相談したところで腹が立つだけだ、と諦めていたのかもしれない。会社で、サーバー端末の大幅入れ替えを行った頃で、藤間自身も職場で神経をすり減らし、家庭内の雰囲気に鈍感だったこともあった。

「藤間さんも通帳とか記帳しないタイプですか？」

突然、そのような話になり、いったいどういう意味合いなのか、と驚くが、「ですね」と藤間は答えた。「面倒臭くて、気づくと通帳が足りないくらい、記録が溜まってしまって」

結婚してからも給与は自分の口座に入るようにしたままで、そこから生活費を妻の口座に入れるようにしていた。妻のほうから、自分が通帳の管理をしたほうが間違いがない、と言われたが、自由を奪われる恐怖心があり、それはとても小さなこだわりに過ぎなかったのだが、それだけは断っていた。

「今までも、几帳面な旦那は、わたしに対して苛々していて、それである時、大喧嘩《おおげんか》になって」

彼女が喋り出すと、それが愉快な内容ではないと察知するのか、息子は興味を失ったようになり、あたりを眺めはじめる。

「喧嘩の理由は大したことはなかったと思うんです」

「積み重ねですね」

彼女はうなずく。「積み重ねには、良い積み重ねと、悪い積み重ねがあって、これは悪いほうです」と自嘲《じちょう》気味に言った。「その時の喧嘩は、掃除すると言ったのにやっていなかった、とか、お弁当を作ると言っていたのに寝坊して起きてこない、とかそういう理由です。一回きりなら、『しょうがないなあ』で済むんでしょうけど、わたしの場合、それが何度も何度もだったから」

藤間は話を聞きながら、機能改善の要望が出ているにもかかわらず、新製品となっても、その要望が反映されていないサーバー端末のことを思い浮かべた。おい、俺たちの提案は聞いてもらえないのかよ、それなら別のメーカーと取引するよ、と誰だって愛想を尽かす。

「その大喧嘩の後、旦那はあまり家に帰ってこなくなって。職場の近くの安いホテルで寝泊りしていたみたいです」

「皆殺しではなく？」

「まず間違いなく、そうじゃないですね」彼女は、旦那が浮気をしていない確証を抱いているようで、藤間もその根拠を問い質《ただ》す必要を感じなかった。「時々、電話があったり、下着を取りに来たり、とかはあって。それで、給料日が近くて、記帳をしているかどうか、って話になったんです」

「そこで記帳の話になるのか」

「その時の旦那はとにかく、何でもかんでも、わたしの無精さが気に入らなかったのかもしれないですね」

「でも、記帳くらい」

「積み重ねです。悪いほうの。わたしも意地になっている部分があって、旦那が入金を調べたいから記帳してきてほしい、と言ってきても、する気になんてなれなくて。それにたぶん、わたしが余計な無駄遣いをしていないか、調べたかったのかもしれないですね」

そこまでこじれてしまったのか、と藤間は我がことのように感じ、胃が痛くなった。「そうですかあ」としか言いようがなかった。

話は終わった？　と言わんばかりに彼女の息子が、「ねえ、おなか減ったね」と言う。

「何だか、五年ぶりに会ったのにこんな、どんよりした話をすることないですよね」と彼女は笑い、そこには暗さは微塵もなかった。どこかあっけらかんとしているが、それは、彼女の楽観性ゆえ、というよりは、すでに落ち込む時期を越えたからだ、と分かった。

写真撮影の呼び出しがかかり、藤間は彼女と離れた。その後の優良運転者向けの講習を聞く際も近い席には座らなかった。

ただ、その後、センター内の食堂でうどんを啜《すす》っていると、「せっかくだから一緒に食べますか」と彼女と男の子が前の椅子に腰かけた。

「ずいぶん長いことお母さんの用事に付き合ってあげて、えらいねえ」藤間が声をかけると、男の子は膨れ面をして、「それくらい当たり前」と大人びた口調で言い、その大人びたところが余計に幼さを際立たせていた。

「次の免許更新は五年後ですか？」何とはなしに藤間は訊ねた。

彼女は首肯した。「わたし、運転は結構、几帳面なんです。だから、無事故無違反で、免許はいつもゴールドです」

「次の更新の時は君はもう小学校かあ」藤間は、男の子を眺める。

彼はぴんと来ないらしく、もしくは、小学校なる未知なる世界のことにはまだ関わりたくないのか、返事をしなかった。あっという間のような感じもするし、まだまだずっと先という感じもしますねえ、と彼女は言った。子供の成長や免許の更新日のことよりも、これからの五年間の生活について、思いを馳《は》せているように見えた。

駐車場のところで別れる際、彼女は、「そういえば、前回の更新の後、すぐにコンタクトレンズにしたんですよ」と目を指差した。

「ああ、そうか、そういえば」

「だって毎回、藤間さんがいるとは限らないじゃないですか」

♪

一度目の偶然は許されるが、二度目の偶然は許されない。藤間は以前、古い本を読んでいた際、推理小説家がそう述べているのを読んだことがあった。現実には、偶然が重なることなどいくらでもあるように感じられたが、推理小説の作法としては誤りなのだろう。

今回は、と藤間は出勤前に玄関のカレンダーを眺めて、思った。今回は、偶然に期待するのではなくて意図的に、あの女性と再会してみようか、と。

藤間は自分の誕生日を過ぎても、更新の手続きを済ましていなかった。いつも通り、億劫《おっくう》さに負けていたからでもある。気づけば歳を一つ重ねていた。

どうせならば、前回、前々回と同じく、更新期限ぎりぎりの日曜日に免許センターを訪れてみよう。そう決めると、暗闇に爪の先ほどではあるが明かりが灯《とも》るように感じた。あの彼女がまだ県内にいるとは限らなかった。いたとしても、すでに更新を済ましている可能性もある。が、仮に会えなかったとしても、それで困ることもない。

「藤間さん、大丈夫ですか？」職場でパソコンを前にして作業をしていると、横に後輩の佐藤が立っていた。藤間が机を蹴飛ばし、データ消失の大騒ぎになるその場にいた唯一の人間だった。藤間が会社を休んでいる間も、佐藤が一人で課長の嫌味に耐え、仕事をこなしてくれていた。さらには、藤間が落ち込んでいるのを励ますために、世界へビー級チャンピオンとなったばかりの、ウィンストン小野のサインまでもらってくれた。あの、ベルトを手にした試合を観て、元気が出た、と藤間が言ったのを覚えていたらしかった。何ともありがたい後輩だ。

「奥さんに謝って、戻ってきてもらったほうがいいですよ」

「謝って、かあ」藤間はディスプレイを眺め、間延びした声を出す。「もうさ、謝るエネルギーがないんだよな、実は」

「何ですかそれ、藤間さん」

「彼女と付き合ってから、俺、謝ってばかりだったからさ。まあ、実際、俺が失敗したり、うっかりしていることばっかりだったから謝るのも当然だったんだけど、それにしても、もう疲れたのかもしれない」藤間は自分の本心を明かすというよりは、よく知る友人の代弁をする感覚になっていた。

「分かります」佐藤は真剣な面持ちで言った。「僕も会社で謝ってばかりで、疲れましたから」

「だよな」

「奥さんとか娘さんから時々は連絡あるんですか。前に一度、電話があったって言ってましたよね。財布の話」

「ああ。ないこともないんだ」藤間は自分の頬が少し緩むのが分かった。一昨日の晩に、娘から電話がかかってきたことを思い出していた。「パパ、一人で寂しくない？」と大人びた言い方で、彼女は心配をしてきた。「そりゃあ寂しいよ」と答えると、「部屋とかちゃんと掃除していないから駄目なんだよ」と言った。「部屋は掃除している」と藤間は主張した。妻が出て行ってからはじめのうちは無気力に任せ、掃除も洗濯もいい加減にしかやらなかったのだが、次第に、これではいけない、と社内で仕事をこなす時と同様に、家の中のことにも神経を尖らせることにした。するとは娘は、「じゃあ、ほら、通帳の記帳とかもちゃんとやってる？　たぶん、何年も溜まっちゃってるんじゃないの？　ママが言ってたよ」と返してきた。

記帳なる言葉をよく知っているな、と感心する。同時に、運転免許センターで会った女性との、ものぐさ談義について思い出した。

聞いた佐藤は明るい表情になった。「でも、そうやって娘さんが電話してくるってことは、芽がありそうですよね。奥さんもそんなには怒ってないってことじゃないですか？」

「そう思いたいんだけれど、ただ、娘はこっそりかけてきているみたいなんだ」

ママにばれたら怒られるから、あんまり喋れなくてごめんね、と娘は言い、ママは本当にパパと離婚するつもりだから覚悟しておいたほうがいいよ、と淡々と忠告してくる。

「それもまた、奥さんの作戦じゃないですか。そうやって脅して、油を絞ろうという」

「そうだったらまだ、ありがたいけれど」藤間は悲観的だった。妻はたぶんすでに怒りや憤りを通り越している。もっと冷静に、どうすればお互いが心穏やかに暮らせるかを判断した結果、まさに政策を無慈悲に実行するかのように家を出た、そういう雰囲気があった。

「意地を張るのは、百害あって一利なし、らしいですよ」

「なるほど」

「この間、飲みに行った時、課長がそう言ってました。で、その時、ミッキーマウスが手を振るのがどれだけ大変か、って話をされたんですけどね」佐藤の語尾が小さくなり、困惑が彼の眉間《みけん》に浮かんだ。

「あれ、どういう教訓を学べばいいのか分からないよな」藤間は苦笑した。


♪

新しい運転免許証に写る自分の顔はうっすらと笑っていた。いつもであれば感情を抑えた、真面目な表情で撮られるのだが、無理にでも明るさを残しておきたくなり、意識的に口角を少し上げたのだ。明らかに強張り、不自然だった。

運転免許センターの出入り口、更新を終え、自動ドアを出たところだ。立ち止まり、免許証を見下ろし、これからの五年はこの自分と一緒に生きていくしかないのだ、と考え、暗い気持ちになっている。

当然のように妻子と一緒に暮らし、仕事のことにだけ気を配っていれば済んでいた五年前の免許証はすでに消えた。次の更新時、自分がどういう状況にいるのか。

知らぬうちに零した溜め息が足元に積もっているように感じ、足が抜けなくなるのではと不安を覚える。

目の前を何人かが通り過ぎていった。

藤間は、彼女を探している。十年前と五年前にこの場所で会った、あの若い母親に三たび、遭遇できるかもしれぬ、と周囲を眺めていた。

更新を終えた人たちがぽつりぽつりと去っていく。彼女もさすがに気持ちを入れ替え、今回の更新は早めに終わらせたのかもしれない。もしくは、この五年間で、彼女は違反運転を起こし、違反者のための講習を受けているのかもしれない。違反者は、優良ドライバーとは異なる別室で、長時間拘束されるはずだ。そちらの階を覗いてみるべきかなと体を反転させ、ドアをくぐったが、そこまでするのも気が引け、足を止めた。また外に出てくる。

過去に二度しか会ったことのない、誕生日が近いだけの、他人の人生についてまで心配しそうになる自分が、とても愚鈍な男に思えた。今、最も心を砕くべきは、自身の人生のことだろうに。その現実から目を逸らそうとしている。

先に声をかけてきたのは彼女のほうだった。「ああ、会えましたね」と声がするので、顔を上げると前に立っていた。照れ臭そうではありつつも、はじめはその落ち着いた佇《たたず》まいに、彼女が何者であるのか、待っていた当人であるにもかかわらず、ぴんと来なかった。髪が短くなり、大人びた、シックな色合いの服を着ている。「覚えてますか？」と自分を指差す。

もちろん、と答える。

「歳取ったから、分かってもらえるかどうか微妙だなあ、と悩んだんですけどね」

「お互い、懲りずに最後の日曜日に」と藤間は頭を掻いてみせる。内心では、「正確に言えば、君に会えるかと思ってこの日を選んだわけで、面倒臭さから更新が遅れたわけではないのだ」と弁解めいた言葉を考えたのだが、それに重ねてくるかのように彼女が、「一緒にしないでくださいね」と大袈裟に誇った。「わたしはちゃんと誕生日前に更新を済ませたんですよ」

「え、だって」と藤間は、彼女を指差す。「それならどうして今ここに。別の手続き？」

彼女はかぶりを振り、後ろの駐車場を指差した。「あっちのアウトレットモールで買い物をした帰りだったんですけど、ちょうどこの前を通ったんで、もしかして藤間さんがいるかな、と思って、立ち寄ったんですよ」

「わざわざ？」

「わざわざですよ」恩着せがましく言った後で、彼女は歯を見せた。「時計を見たら、ちょうど午前の更新が終わりそうな頃だったし。今日が更新期限最後の日曜日だというのは頭の隅にあったから」

藤間は、転校した友人から便りがあったかのような喜びを覚える。「覚えていてもらえて光栄です」と言い、彼女の背後を確認してしまう。

「子供は友達の家に行ってますよ。小五です」

「そんなに?」前回会った時は幼稚園児で、大人びたことは言いつつも、彼女の近くにまとわりつき、母からの愛情をエネルギー源として動く、小動物のようでもあったから、小学生の高学年となっていると言われても想像できなかった。

「おかげでわたしも歳を取りました」

藤間の目からは、彼女は以前よりはきはきとし、もちろんそれは五年前、十年前の朧《おぼろ》な記憶との比較であるから、たぶんに先入観により歪んでいるのだが、短絡的な表現を使えば、元気に見えた。前回も、若返っているように感じた記憶があるが、今度はそれ以上だった。

「それで、そうそう、わたし、藤間さんに報告しようと思っていたんですよ。ずっと」

「報告を?」咄嗟に頭をよぎったのは、彼女の結婚に関することだった。五年前に夫が出て行ったばかりだった、という話を思い出す。「楽しい報告だったらいいんだけれども」と藤間はぼそぼそ言う。思えば、彼女はいつも自分の歩む道の先を進んでいた。子供が生まれるのも、夫婦の相手方に出て行かれるのも、彼女が先に経験していた。未来の自分を提示してくれる使者のようで、だから、彼女の現状は他人事ではなかった。

「楽しいかどうかは分からないんですけど、でも、離婚したとかではないですよ。そういう意味では反対です。あの後、夫は家に戻ってきて、それからは平和に暮らしています」

視界が明るくなる。わがことのように嬉しかった。「本当に？　それは素晴らしい」

「そんなに喜ばれるとは思いませんでした」彼女は驚いたが、嬉しそうではあった。

「心を入れ替えて、我らが大雑把党から抜け出すことができたわけだ」

「藤間さんはどうですか？」

「俺はようやく、心を入れ替えないとと思いはじめてきたところなんだ。手遅れになる前に」すでに手遅れではないのか、と彼女が問い質してくる恐怖に駆られる。が、そうはならない。

「じゃあ、二人で新党を作りますか。『新党億劫』とか」

藤間は安易な命名に噴き出す。

「でも、わたしが報告したかったのは、そういうことじゃなくて」

「旦那さんが戻ってきたことじゃないのか」

「関連はしてるんですけど。五年前、通帳の話をしたのを覚えていますか？」

通帳、と言われてもはじめは分からなかった。が、先日、電話で喋った娘との会話の記憶が蘇《よみがえ》る。通帳を長期にわたり記帳しない、という話のことか、と訊ねた。

彼女は子供のように目を輝かせ、うんうん、と首を縦に振る。「五年前、出て行った旦那がしつこく、記帳しろ記帳しろ、とうるさかったんですけど」

♪

藤間は朝起きてから、ずっと時計を気にし、早く九時にならないか、とそわそわとしていた。テーブルの上には、昨日、部屋の机から引っ張り出してきた通帳と印鑑が置いてある。

本心から言えば、免許センターから帰宅してすぐに銀行に向かいたかったのだが、日曜日に銀行の窓口業務はやっていない。ＡＴＭは動いているかもしれないが、窓口を利用する可能性も考えると月曜日を待つべきだ、と自分を宥めた。

家を出る直前、職場には、「少し遅れます」と連絡を入れた。銀行に立ち寄るだけであればさほど時間がかかるとは思えなかったが、慌てるのも良くないだろうと午前中一杯で有給休暇を取ることにした。

車を駐車する手間を考え、自転車を引っ張り出す。妻が使っていた自転車で、乗るとサドルが低かったが、調整するのもじれったく、立ったままペダルを漕《こ》げばいい、と走り出した。

銀行に到着すると、自転車に鍵もかけずにＡＴＭの並ぶ場所に近づく。ちょうど営業開始となったところらしい。五台の機械が並び、一番右端の前に立つ。

記帳用のボタンを押した。通帳を開く。ほとんど使ったことのない通帳は真新しかった。

前日、運転免許センターで会った彼女の言葉が頭に流れている。

「前に、藤間さんに会って少ししてから、わたし、通帳の記帳をしたんですよ。かなり、記録が溜まっていて時間がかかって。記帳機を使ったら、後ろに列ができちゃって、気まずかったんですけど。それで、ようやく終わったな、と思って、そのずらずら記入された記録をざっと眺めたんです」

聞きながら藤間は、「記録」という単語から、「ドキュメント」という英語を連想し、スペルを頭に浮かべていた。

「そうしたら、百円だけ入金されている記録がいくつかあって」

「百円？」

「何回も。通帳に何行も、百円の入金が印字されていたんです」

「振り込み元は？」

「『俺も悪かった』」

「え？」

「オレモワルカッタ、って振り込み元の名前のところに印字されていたんです」

「旦那さんだ」

「慌ててわたし、旦那に電話をして、謝って」

「旦那さんは何て」

「やっと気づいたか、って」彼女は笑い、肩をすくめる。「ぎりぎり間に合った感じだ、とも」

「直接謝れば良かったのに」と藤間は言った。変名で振り込んだのであれば、ネットバンキングを使ったのかもしれぬが、手数料だけでも馬鹿にならないはずだ。「それに、君が記帳しなかったら、どうするつもりだったんだ」

「旦那も賭けたつもりだったみたいです」

「賭けって」

「わたしが記帳して、このメッセージに気づいたら、戻ってこよう、と決めたらしくて」

彼女の夫は、自分の妻の性格から、記帳する確率はどれくらいだと想定していたのだろうか。

藤間はそこで、はっとした。自分の通帳のことや、娘からの電話のことが頭に過ぎった。その表情に気づいたのか目の前の彼女は、「藤間さんも、記帳しろ、と奥さんにしつこく言われたら気をつけたほうがいいですよ」と目を細めた。「未記帳の記録がある程度溜まると、全部まとめられちゃって、明細が見えなくなっちゃう銀行が多いみたいですし。そうなったらなったで、頼めば、明細を送ってくれるらしいですけど。すぐには分からないですから」


機械から通帳が出てくるまでの間が、藤間にはとても長かった。作動している音がやみ、にゅっと通帳が滑り出てくる。ひったくるように取って、ページをめくる。案の定というべきか、「おまとめ記帳」なる文言が目に飛び込んできて、目の前が暗くなった。

妻が、自分の口座にメッセージ付きの入金をしていたのかどうか、その可能性が高いのか低いのか。冷静に考えている余裕はなかった。藤間は朦朧《もうろう》として通帳を持ったまま、ふらふらと窓口に近づき、「どうにかしてください」と喘《あえ》ぐように言った。整理券を取ってお待ちください、と受付の若い女性の言葉が返ってくる。

待合いの椅子に腰掛け、脇に置かれた週刊誌を手に取った藤間はそれをめくる。めくるが、目は上滑りするだけだ。「もし、違ったとしても」と自分に言い聞かせる。もし、記帳に、妻からのメッセージが残っていなかったとしても、こちらから送ることはできるではないか。謝り、彼女と娘がいかに必要であるかを伝えるためには、どれほどの字数が必要なのだろう。ちゃんとやろう、と念じるように思う。ちゃんと文面を考えて、つまらぬミスなどないように神経を尖らせ、言葉を送るのだ。どうなるのか、その先は分からない。ただ、不確かなことに満ちているこの世の中で、間違いなく真実と呼べる、確かなことが一つだけある。

僕の妻は、僕とは違い、こまめに記帳をしている。

番号が呼ばれた。

ルックスライク

高校生

英語の授業中、黒板の前に立つ深堀《ふかほり》先生は整った字で英文を二つ書いた。「He looks like his father.」「He is just like his father.」と。

「違いは何でしょう」深堀先生は小柄であったが目が大きく、鼻が高く、まさに、「目鼻立ちがはっきりとした」という言葉がぴったりで、三十代後半であるものの、「おばさん」よりも「お姉さん」の印象が強く、久留米和人《くるめかずと》と仲の良い同級生たちは、「いや、深堀先生はぜんぜん、アリだ。お手合わせ願いたい」と興奮気味によく言い、そのたびに女子に白い目で見られ、「最低」と罵《ののし》られる。

深堀先生はずいぶん前に結婚しているらしいが、夫は英会話教室の外国人講師であるとか、どこかの国の外交官であるとか、さまざまな説が流れている。明らかに、「深堀先生は英語の教師であるから、外国人と親しいのではないか」という世にも安直な発想からに違いない。

「はい、久留米君」深堀先生が指名してきた。クラスの生徒たちは身体を少し強張らせるが、別にこちらを見てくるわけでもない。飛んできたミサイルが自分に当たらなくて良かった、といった気分なのだろう。

黒板を見る。椅子を後ろにずらし、のっそり立ち上がる久留米和人は、「『彼は、父親に似ています』」とぼそぼそと発言する。難しい単語はない。

「じゃあ、二つ目の文は？」

父親に似ている、という例文が頭に、暗い影を作る。不快感が滲んだ。久留米和人は、父親似の顔をしており、子供の頃から、そっくりだねえ、瓜《うり》ふたつ、と言われた。嬉しかったことは一度もない。

父のような大人にはなりたくない、と感じはじめたのがいつなのか、久留米和人自身、分かっていない。「お父さんにそっくり」と評され続けたことで反発を覚えた部分もあったが、毎朝背広を着て出かけ、ただ、帰ってくるだけの父が、日々を楽しく暮らしているのかどうか、いつも疑わしく、それが嫌だったのかもしれない。

「日本の経済自体、どうなるか分かんないっていうのに、会社にしがみついて、一生を終えていくのは嫌だ」一度、母親にそう言ったことがあるが、返ってきたのは、「おお、高校生になった途端、きりっとしたこと言うようになったじゃない」という茶化すような言葉だった。「そういうのは、会社でちゃんと働くのがどれだけ大変なことか分からないから言えるんだよ。それに」

「何だよ」煎餅を食べながらテレビを見る母親に苦笑しながら、久留米和人は言った。

「わたしも高校時代はそう思っていたんだから。一度きりしかない人生、他人とは違う、特別な生き方をするのよ！　って。結婚して、子育てだけが生きがいみたいな大人には、ならないし、なるわけがない、って」

「それが今や、専業主婦で、子育てもおろそかにする日々を」

母親は二十代半ばで父と会い、結婚した。父が仕事の関係で地方都市に行くことになり、遠距離恋愛を続けるよりは、ひとまず籍を入れておこうという流れだったと久留米和人は聞いた。すぐに息子であるところの久留米和人が生まれた。

「あのね、おろそかにしているように見えて、ちゃんとやっているんだからね。あなたさ、国語の授業で、中島敦《なかじまあつし》とか読んだりしないの？　『名人伝』とかさ」

「何それ」

「名人の域になると、もはや、超越しちゃってるって話なの。子育てで譬《たと》えるなら、子供の一挙手一投足を気にしているのはまだ普通の母親で、名人クラスになると、誰かが、『子育ての極意を教えてください』と言ってきたら、『あれ、子供って何でしたっけ』と答えちゃうくらいってわけ」

「何の話だったかも忘れたじゃないか」

「人生の意味とかね、世の中の歯車になりたくないとかね、そういうのはわたしも昔、考えていたんだよ、って話。周回遅れなんだから、偉そうにしないほうがいいって」

「でも、父さんを見てると、歯車はやっぱり退屈そうだ」

「あのね、歯車を舐《な》めんなよ、って話だからね。どの仕事だって基本的には、歯車なんだから。で、歯車みたいな仕事をしていても、人生は幸せだったりもするし」

「不幸せなこともあるだろ」

「そりゃもちろん」「父さんは？」「今度訊いてみてよ。それに、偉そうなことを言ってるけど、和人、あなただって今はただの高校生で、部活もやめちゃったし、特に何をしているわけでもないでしょうが」

母とのやり取りが頭を過ぎっていたが、「どう、和人君、分からない？」と深堀先生に言われ、我に返る。慌てて、黒板の英文を睨む。

「just がつくから、『彼は、ちょうど父親に似てきました』かな。それとも、『すごく似てる？』あ、違うか。『彼は父親が好きです』か」

隣の席の織田美緒が噴き出す。ほかの生徒もそうだった。

「父親が好きです。って何だか禁断の要素が複数絡み合ってるぞ」

「久留米君、最初は良かったのに、だんだん正解が遠ざかっているんだけど」と深堀先生が言う。

He looks like his father. 彼は父親と外見が似ています。

He is just like his father. 彼は父親そっくりです。

先生はそう話す。「こっちの二つ目は、性格が似ている、ってことだね」

「なるほど」と教室のあちらこちらから納得したのかしないのか分からぬ声が上がる。

それから深堀先生が急に思いついたかのように、「最近の高校生は、父親のことを尊敬しているものなの？　和人君はどう？」と訊ねた。

「尊敬は」と答える。「ないですね」

「苦手？」

「苦手というか、ああはなりたくないな、と思う」

本心を述べると、教室が沸いた。「正直に言いすぎる」深堀先生が顔を歪めた。

若い男女

笹塚朱美《ささづかあけみ》はひたすら耐えていた。嵐が過ぎるのを待つ、とはまさにぴったりの表現で、とにかく目の前の男が苦情を言い飽きるなり、息切れするなり、この場から立ち去ってもらうのを待つほかなかった。

ファミリーレストランの入り口近くのテーブルだ。

その、高齢ながらも矍鑠《かくしゃく》とした男は、皺《しわ》は深いが眼光鋭い。

注文したものと違う料理が届いたことに対し、怒っていた。

最初に注文を受けたのは笹塚朱美ではなかったが、端末の履歴を見るところ、違った料理が頼まれている。入力した店員が間違えたのか、客側の記憶違いなのかは分からない。

笹塚朱美はすぐに謝罪し、正しい料理を持ってくることを告げたが、高齢の男は、「それで帳消しになるのか？」と睨みつけてきた。「俺はもう空腹で大変なんだ。勝手に料理を間違えて、また作ります、なんて俺をいたぶってるのか？　どういうことだ。説明してほしい」とまくし立てた上に、「まったく最近の若い奴らはその場しのぎのことしか考えていないからな」と批判をはじめた。

彼女が頭を下げ、丁寧に謝れば謝るほど、男は激昂してくる。

他の客たちも明らかに、その、苦情をぶつける高齢の男に気づき、遠巻きに観察していた。うるさい、と不快に思いながらも、何をされるか分からぬ恐怖のために黙っている。

わたしの使命はとにかくこの店内の、居心地の悪い状態を早く終わらせることだ、と彼女は自らに言い聞かせ、ひたすら謝り続ける。

こういったことは時折、ある。金を払ってる客にはたいがいの我儘《わがまま》は許され、店員に不満をぶつけるのも問題なく、むしろ、店員が口答えをしてきた日には、「客を何だと思ってるのだ」と徹底的に抗議する所存でございます。と所信表明を行っているのかどうかは分からぬが、とにかく、そういう考えの人間は少なくない。

言い返すことができない笹塚朱美は、ひたすら低姿勢で乗り切ろうとしていた。店長が割って入ってくれれば少し風穴が開くのだが、最近替わったばかりの店長は事なかれ主義の上に、無責任な男だったから、おそらくこのやり取りも、聞こえないふりをしているはずだ。そう彼女も諦めていた。

「あの」と男が横から声をかけてきた。笹塚朱美とほぼ同年代に見える男で、別のテーブルに一人で座り、本を読んでいたはずだ。

喋り方や、その心配そうな顔つきから、見るに見かねて仲裁に入ってきてくれたのだ、と彼女は気づくが、それはそれで面倒だ、とも感じた。わあわあ苦情を言う者は、興奮状態にあるがあまり、「関係ねえやつは引っ込んでろ」と余計に熱くなる場合もあるからだ。

「何だよ、お兄ちゃん」と頑固そうな、高齢の男は、若い兵士を叱《しか》る気満々の上官といった雰囲気で、「けしからん!」と今にも言い出しそうだ。

「あ、ご迷惑をおかけして」と彼女は頭を下げるが、そこで若者は、「いえ、すみません、僕もすぐに逃げますけれど」とおどおどしながら言う。高齢の男に眼差しを向け、「あの、こちらの方がどなたの娘さんかご存知の上で、そういう風に言ってらっしゃるんですか？」と続けた。

「はあ？　何だそれは」高齢の男は鼻息を荒くし、明らかに怒りを増幅させたが、それでも訝るような顔つきになる。

「いえ、あの人の娘さんにそんな風に強く言うなんて、命知らずだな、と思いまして」若い男はあくまでも怯《おび》えた様子で、すでにへっぴり腰になり、「ええと、僕もこういう場面見られて、誤解されたら怖いですし、すぐ帰りますけど」と言い、「誰の娘かも知らずに、怒っているんだとしたら、あなたがちょっと心配になっちゃいまして。誰が見ているか分かりませんし」と周囲を見渡し、そそくさと立ち去った。

笹塚朱美はいったいどういう発言なのか、ときょとんとした。

「何なんだ、あいつは。けしからん」高齢の男はぶつくさ言い、それからまた、彼女への文句を再開したが、先ほどまでよりは明らかに勢いが落ちていた。妙な若者の介入のせいで気勢が削《そ》がれたこともあるのだろうが、それ以上に、「どなたの娘か、知っているのか」という問いかけが頭にこびりついていたのだろう。もやもや、と悩みつつ、明らかに笹塚朱美を警戒する面持ちになった。

この娘の父親が誰かまでは気にかけていなかった、と高齢の男は思いはじめているのかもしれない。誰なのだ。あの言い方からすると、かなり危険な人物なのだろうか。ただの冗談に決まっている。そう思いはしても、「万が一そうだったら」と想像すると、無視はできない。どなたの娘？　誰の娘なんだ。と頭の中でもやもやと疑問が渦を巻いているのではないか。

笹塚朱美の父親は耳鼻科医だ。どなたの娘かと言われれば、笹塚耳鼻咽喉科の医者の次女です、としか言いようがない。「あ、何のことかわたしにもさっぱり」と彼女は、高齢の男に言い訳がましく伝えるが、その言い方がまた不自然だったのか、男は目をしばたたくと落ち着きをなくし、結局は、「もういいよ。とにかく早く、頼んだものを持ってきてよ」と腰を下ろした。すっかり、興奮が冷めている。

笹塚朱美は深々と頭を下げ、厨房《ちゅうぼう》に引っ込んだ。

店長がいて、「あ、今、行こうと思ったんだけれど、何かトラブル？」と言ってくる。店長としての面目を保とうとする必死さは伝わってくる。

「何とか、おさまりました」笹塚朱美が言う。「あ、店長」

「何だ」

「わたしって、どなたの娘だと思います？」

店長は眉をひそめ、角を出す幼虫でも眺めるかのような顔になる。

高校生

「久留米君、相談があるんだけど」織田美緒が声をかけてきたのは、ホームルームの時間が終わり、生徒たちがみな、がやがやとバッグを持って、教室から出ていく時だった。

放課後の同級生の動きは人それぞれだ。そのまま帰宅する者もいれば、部活のために部室へ行く者もいる。

久留米は四月にハンドボール部に入ったものの、上級生からのしごきに耐えられず、すぐに退部し、それ以降は特に何をするでもなく日々を過ごしており、授業が終われば家に帰るだけだった。

久留米和人は、隣の机の織田美緒を見る。二重瞼のせいか、何を考えているのか分からぬ顔つきだが、そこがまた神秘性を生んでいる。と感じる。神秘的かどうかは受け取り側の主観によるからこれはいたしかたがない。

入学した時から、上級生の間では織田美緒については、「美人がやってきた。やあ、やあ、やあ」と口の端に上っていたらしく、もちろん同級生の男子生徒の中でも注目を浴びていたため、いつ誰が、彼女と仲良くなるのかと、そのことは誰も話題にしないものの、男子全員が気にかけていた。

だから、高校一年の夏休みが終わった後で、はじめての席替えが行われ、それは単純なくじ引きだったのだが、久留米和人が織田美緒の隣を獲得したのは非常に幸運だった。他の男子生徒たちの、「いいなあ」の嫉妬《しっと》の炎を感じずにはいられなかったが、一方で、「席が近いことで親密になれるのではないか」と淡い期待を抱かずにもいられなかった。

机が隣り合った際に、織田美緒が、「久留米君の氏名、『久留米和人』って、漢字で見ると、

『魏志倭人伝《ぎしわじんでん》』みたいな感じだよね」と言ってきた際にも、どう反応すべきか悩んだ。「ぜんぜん似てねえよ」と思うが、否定されては気分も悪いだろうということは分かる。

よく言われるよ、と受け入れるべきなのか、それとも、「はじめて言われた。すごい発見だ」と褒めるべきなのか、と瞬時にして、めまぐるしく頭が回転したが、結局、面倒になって、『『人』って字しか一緒じゃないけど」と口に出した。

織田美緒は怒ることもむくれることもなく、「ああ、言われてみればそうだね」と笑うだけだったが、久留米和人は、彼女の破顔一笑をもたらせたのはこの俺、という得も言われぬ感動を味わうこととなった。

そして今、さらに、相談をもちかけられるに至り、努力した覚えもないのに栄光の階段を昇りはじめているかのような、ふわふわと身体が浮く感覚に襲われはじめた。が、その、ふわふわを相手に悟られてはならないことくらいは分かる。「相談って何?」

「帰りに、仙台駅の地下駐輪場に一緒に行ってくれない?」

「地下駐輪場? それはまた大胆な」と久留米和人は思わず言っていたが、それはただ単に、「地下駐輪場」という言葉に、密室で暗い空間のイメージを思い浮かべたからにほかならず、大した理由はなかった。

「大胆とか関係ないから」織田美緒は言った後で、「昨日も学校帰りにその駐輪場に行って、自転車停めたんだけれど」と話す。「ほら、あそこって五十円払って、券売機で切符みたいなのを買って」

「シールのやつ」「そう。で、自転車に貼っておくでしょ」「まあ、そうだね」

駐輪場には管理人が数人いて、定期的に見回りを行い、そのシールが貼られていないものについては、「駐輪代金を払っていませんよ。帰る時には払うんですよ」といった趣旨の警告書を貼りつけられる。

「そうしたら、昨日、帰ろうと思ったらわたしの自転車に青シールが貼られていたの。警告が書かれたやつ」

「五十円をケチった罰だ」

「ケチらないよ。払うに決まってるでしょ」織田美緒は少しむっとして、「誰かが、わたしのシールを剝がしちゃったんだよ、あれは」と言う。

「何かの思い出に？」久留米和人は茶化すつもりはなく、ただ頭に浮かんだ可能性を口にしただけだった。

「誰かが五十円をケチって、わたしのシールを横取りしたんだって」「誰が？」「それを一緒に、見つけに行ってほしいの。犯人を」

複数の疑問が久留米和人の頭には浮かんだ。その犯人をどうやって見つけるというのか。誰なのか特定できているのか？

なぜ、自分に同行してもらいたいのか。

一つずつ訊ねるほかない。

「たぶんね、常習犯だと思うんだよね。そういう犯人って。駐輪場を使う時は、お金を払わずに誰かのシールを横取りして、済ましている」

「お金を節約したいのかな」

「それを節約というかどうかは分からないけれど、ただ、きっと単に、お金を払うのが面倒とか、何か、『我は、愚民どもを利用し、賢く生きる勝利者である』みたいな気分なんだよ」

「それ、織田さんの想像でしょ」

「でも絶対そうだよ」

横から、「どうしたのどうしたの、二人で仲良く喋っちゃって」と背の高い男が入ってきた。水沼《みずぬま》だ。髪は校則のぎりぎり範囲内と言われる長さで、つまり耳は隠れるものの肩まではつかないほどの長さで、鼻筋が通り、狼《おおかみ》じみた顔つきをしている。軽音楽部に所属する彼はベースが上《う》手《ま》く、学校外でも大人のバンドに加入し、ライブハウスで演奏をしている、という話だった。

「あのさ、織田さん、例のサプライズの件なんだけど、何かアイディアあるかな」と水沼は馴れ馴れしく、織田美緒に顔を寄せた。

「例のサプライズ？」久留米和人は首を傾げる。

「ほら、教育実習の先生の」と言われ、思い出した。一週間前から、教育実習の女性教師がクラスにやってきていた。潑剌《はつらつ》としつつも常に緊張している彼女には、クラスの生徒たちも好感を持ち、親しくなった。そして誰かが、実習期間の終わりには小規模なサプライズパーティのようなものをやろう、と言い出したのだ。

「わたし、そういうのあまり好きじゃないんだよね」

「そういうの？」

「サプラーイズ！　ってやつ。時々、テレビとかであるでしょ。喫茶店で、男の人が女の人に急にプロポーズして、お店の人がみんな仲間で、とか」

「感動的っしょ」

久留米和人は、そういった水沼の軽薄な言動が楽しく、嫌いになれない。

「そうかなあ。結局、やってる側の自己満足のような気がするんだよね」

「経験あり？」水沼が明るく、訊ねる。

「なくもないよね」

「あーそうだよねー、織田さんはさ、こう、男子にモテるから、みんなが様々なサプライズ攻撃を仕掛けてきそうだしね」

「攻撃、って言ってる段階で、相手のためじゃないでしょ」

「じゃあ、攻勢？　サービス？　サプライズサービス。とにかく、いいアイディアが浮かんだら、すぐに教えてよ」水沼は大仰《おおぎょう》に言うと颯爽《さっそう》と教室から出ていく。

疾風が去ったかのような雰囲気だけが残る。

「で、何の話だっけ」「忘れた」

久留米和人は苦笑し、それから、駐輪場に一緒に行くのは構わないが、どうして俺を誘うのか、とぶつけた。だって久留米君と仲良くなりたいから、と言われたらどうすればいいのか、いや、あるぞ、可能性はあるぞ、と浮き立つ気持ちが抑えられない。

「いくつか理由があるんだけど」織田美緒は指を折る恰好をする。

なんと俺の良い部分がそれほどあるのか、と久留米和人は誤解まじりに喜び、表情にそれが出ぬように気をつけた。

「まず第一に、亜美子《あみこ》が忙しそうで、一緒に来てくれない」彼女は、もっとも仲のいいクラスメイトの名前を出す。「家の用事で、今日はすぐに帰っちゃった」

「なるほど」

「次に、ほら、久留米君もあそこの駐輪場、よく使うでしょ?」当然のように織田美緒が言うため、どういうことかと久留米和人は呼吸を止めた。「あれ? 違うの。何度かあそこの駐輪場で、久留米君に似た人見かけたことあったんだよね」

久留米和人ももちろん、使ったことはあるが、一度か二度のことで、「よく」とは言い難かった。が、すぐに、「それはうちの父親かも」と言った。駅付近のビルに職場があり、バスで行く以外に、自転車で通勤することもよくあった。地下駐輪場に停めている話も聞いている。「顔けっこう、似てるって言われるから」

「あ、そうなの?」

He is just like his father. という英文が浮かぶ。顔は似ていても、生き方は似ませんように。

「でも、うちの親父だとすれば、背広のはずだよ。見ればすぐに違うって、分かると思うけれど」

「一瞬、遠くから見えて、『あれ?』って思っただけだから」織田美緒が笑う。

ようするに、その程度の関心しか持っていない、という発言にも聞こえた。

「あ、でも、今、会社員って言ったけれど、久留米君のお父さんはゴッドファーザーみたいな恐ろしい人じゃないの？」「え」「そう聞いたけど、違うの？」

「え、そうなの？」久留米和人は思わず、確認してしまう。

「久留米君に強い親がいるんだとしたら、犯人と遭遇した時、それだったら心強いかなと思って」

「はあ」なるほど、そういう誤った認識から誘ってきたのか、と久留米和人は思う。

「あ、あと」「あと？」

そこで織田美緒が声を低くした。息を鳴らすような囁き声になる。「久留米君、女の子よりも男に興味があるんでしょ？」

「はい？」

「どちらかといえば、そういう傾向があるって」「誰が言ってたの」「誰だったかな。クラスの男子はみんな知ってるって」

久留米和人は理解した。織田美緒の隣の座席を獲得した彼が、彼女と仲良くなるようなことがないように、その距離が縮まることがないように、と偽りの噂《うわさ》を流したのだろう。誰か一人、というよりは、複数の力に違いない。

腹が立つよりも、よくもまあそんなことを、と感心する思いと、「分からないでもない」という気持ちが久留米和人を満たした。

「女子よりも男子が好きってわけじゃないの？」

サプラーイズ、と久留米和人は内心で言っている。

若い男女

笹塚朱美は、隣にいる彼に目を向け、「あーあ」と大袈裟に嘆いてみせた。え、と我に返ったかのように彼は顔を動かした。「どうかした？」

「ほら、今の子も胸大きかったよ。ぼーっと眺めちゃってたけど、やっぱり、邦彦《くにひこ》は胸の大きい女の子のほうが好きなんじゃないの？」

「そんなことはない」と答える邦彦は顔を歪めていた。「こういうのは無意識に眺めちゃうものなんだって。大きさがどうこうというよりも」

「いや、胸が小さい子の場合は見ないでしょ」

邦彦は困惑し、苦笑いを浮かべ、「ですから何度も申し上げていますように」と国会答弁をする首相の口調を真似る。「よその女性を見てしまったのは大変遺憾に思いますし、私の不徳のいたすところではございますが、その件と、恋愛感情、女性の魅力云々につきましてはいっさい関係がないことは、ここで改めて強調しておきます」

「悪かったですね、胸ちっちゃくて」

「言ってないだろう」彼は少し怒り口調になり、自分は女性の胸の大きさを何かの基準に考えたことはないし、強いて言えば、大きいよりも小さいほうが好みだ、と説明した。が、笹塚朱美は、

「でも、見てたよね」とさらに言う。

「あのさ、もし、俺がそういう、胸至上主義、胸原理主義者だったとしたら、あの時も朱美のために割って入らなかったはずだよ」

「あの伝説の、『この子がどなたの娘かご存知ですか』作戦」彼女は愉快げに言う。

一年前のファミリーレストランで、彼女は、客に苦情を言われ、にっちもさっちもいかなかったところを彼に救われた。その彼が次に来店した時にはすぐに礼を口にし、それから、「何だったんですかあの話」と訊ねた。わたしは誰の娘なんですか、と。

「ああ」と彼は照れ臭そうに口元を緩める。「ああいう時に、どうやって仲裁すればいいのか考えちゃったんだ。『まあまあ、おじさん、落ち着いて』なんて言ったところで、『関係ねえやつは引っ込んでろ』と怒鳴られたらおしまいだしね」

「そうですね」

「だから、むしろ、あのおじさんの味方につくような、あなたが心配で声をかけずにはいられませんでした、というスタンスで行くしかないな、と思って」

「だから、わたしが誰か恐ろしい人の娘、という設定に？」

「ゴルゴ13の娘、というような。娘に苦情を言う男は片端から、撃ち殺すかもしれない。そういう危機感を与えてみようと思って」目尻に皺ができ、急に柔らかな顔つきになる。「今の世の中、不用意に誰かを攻撃すると痛い目に遭うこともあるんだから、あのおじさんも誰かを叱る時はもう少し気をつけたほうがいいんだよ」

「おかげで、わたしは助かりました」

「それは良かった。こっちもかなり緊張したけれど」

「おかげで、あのお店のバイト仲間からは、『お嬢』とか『ドンの娘』とか呼ばれるようになりましたけれど」

彼は噴き出し、「それは申し訳ない」と謝った。

そこから少しずつ親しくなった。歳は彼のほうが二つ上であること、同じ大学に通っていることも判明した。工学部と教育学部では風習が違うことで盛り上がり、さらには共通の知人がいることで話題もつながり、交際がはじまった。一年が経ち、胸の大きい女性によそ見をしていたことで、軽い言い合いが起きるほどの関係になった。

「ようするに、邦彦は、あのファミレスでの時には、わたしが胸の小さい女である、と認識していたってことね」

「そういうんじゃなくてさ」と邦彦が言う。「面倒臭いなあ」

「あ、面倒臭いって言いましたね」

「俺は中学の剣道部だったから、面と胴が臭い、って意味だよ」

「籠手《こて》は臭くないわけ？」むっとしつつ笹塚朱美は答えると、邦彦が高い声を発し、笑う。そのあたりで、よそ見問題についてはうやむやになった。

街中をうろつき、バーゲンセール中のファッションビルに入る。エスカレーターで五階へ昇りフロアを時計回りに見ていく。いくらバーゲン品とはいえ、バイト代で買えるものといえば、ジャケットとニットが一つずつといったところであるから、検討に検討を重ねる必要があり、一つの店を覗いて服を広げては、「別の店も見てみる」とその場を後にし、さらに次から次へと店を回る。「やっぱり最初のあの、グレーのやつだな」と一周してくると、すでに誰かに買われている、というオチがついた。

「あまり口出しするつもりはないけど」退屈そうでありながらも同行している邦彦が言った。「さっき買わなかったことを後悔してる？」

「まあ、ちょっとは」「ちょっとだけ？」「逃がした魚は大きく見えるから」

そこで彼は、就職した職場にいる先輩社員の話をした。長身、高学歴で顔も親しみが持てる二枚目で、女性からは当然の如く人気を博しているのだが、「どの女性が一番良いのか」を検討しすぎ、結局、どの女性とも深い付き合いにならないまま独身を通しているのだという。早めに手を打てば良かったのだ、と周囲からはからかわれる。

「今の、服のこととそれは通じるものがあるんじゃないかな」と邦彦は言った。

「でも、こういうのはタイミングとか出会いだから。その先輩って人もこれから知り合った女の人と仲良くなるだろうし。今までは縁がなかっただけで、別に、失敗したと後悔することではないんじゃないのかな」

「ほう」

「というわけで、わたしは隣の店の、ダウンジャケットを買うことに決定しました」と力強く宣言をした。「ちょっと高いけれど」

威勢良く、隣の店に行くと、案の定というべきか、よりによってというべきか、ジャケットは売り切れていた。痛恨のミスだ、と笹塚朱美は悔しがる。

高校生

ゲイ疑惑を、久留米和人は解こうとはしなかった。もちろん、「誤解だよ」と織田美緒に伝えたものの、「俺は女が好きなのだ」と強調するのもまた気味悪がられるのは間違いなく、さらには、「女に興味がない」という理由で、彼女が自分と行動しようとしているのだとすれば、その繋がりを切ってしまうのは得策ではない、と考えた。

「ゲイとかそういうのって、別に悪いことじゃないと思うよ」と織田美緒は大きい瞳を見開きながら言った。

真実を伝えたいが、伝えたら相手にしてもらえないのでは、と怖くなり、思わず久留米和人は、「増税しないといけないのに、はっきりと、増税します、とは言い切れない政治家の気持ち」とつぶやく。

仙台駅までは自転車で向かった。お互いが自転車通学であることも、彼女が彼を誘った理由の一つのようだった。バス通学の友達となると、駐輪場まで同行してもらうのには申し訳ない、と。

ほとんど喋らず、久留米和人は自転車を漕いだ。並列になって走るべきなのか、それとも前後に並ぶべきなのか、だとすれば前を行くべきか後ろにずれるべきなのか、といったことを悩み、そして、できる限り、颯爽とした姿を見てもらいたいため、意味もなく片手をハンドルから離したり、背筋の角度を変えたりした。横のマンションのエントランスドアに映る自分の姿勢を確認する。

織田美緒は、そのような久留米和人の涙ぐましい試行錯誤や演出に気づく素振りもなく、むしろ淡々と自転車を走らせるだけだ。

駐輪場は、ビルの横の階段を下りたところにある。自転車用のスロープを使いながら地下に行き、自動券売機で駐輪チケットを購入すると、サドルに貼った。

奥側の置き場が空いていたため、駐輪する。

「さて、どうしよう」これが普通のデートや用足しであれば、自転車を置いてから本来の目的地へ移動するのだが、今回は、この駐輪場がその目的地なのだ。

「ちょっとふらふらと歩き回っておこうか」「パトロールみたいに？」「そう」

「怪しまれないかな」駐輪場には本来の管理人がいる。

「だって、わたしたちは悪いことしているわけでもないんだし」

「自主的にパトロールしている人たちって、その時点で十分、怪しいよ。それに、いったいいつまで、いるつもり？」

「わたしがこの間、シールを剝がされちゃったのは、だいたい夕方の四時から六時くらいの間だったから」と彼女は腕時計を眺める。釣られて久留米和人も時間を確認すれば、針は四時半を示している。今から一時間半、この何もない、薄暗い駐輪場にいるのか？　それはさすがに、不審すぎるではないか。ただ、織田美緒と一緒にいられるのであれば、一時間半だろうが二時間半だろうが、幸福で楽しい時間になるだろうとは思ったため、強く反対はしなかった。むしろ、ぱっとしない高校時代に、このような胸がときめく場面が訪れるとは、と感動すら覚えていた。誰に感謝すべきかも分からず、地下駐輪場の存在に礼を言いたいくらいだった。この地下駐輪場を聖地に認定しよう。

その高揚も織田美緒が、「じゃあ、二人で一緒に回ってもしょうがないから、別行動で」と言った時点で萎《しぼ》む。

「あ、そうだね。別々のほうが」

「意外に広いから、ここの敷地」

自転車の並びは数十メートル先まで続いている。置き場がいくつも並び、一周巡るのにもなかなか時間がかかりそうだった。

「とりあえず、自分の自転車の置き場が分からなくなっちゃった、という素振りで、うろうろしてみようか」

「ゾンビのように徘徊《はいかい》を」と久留米和人は少し自棄《やけ》気味に言う。

「で、人の自転車に貼られたチケットを取る男がいたら、わたしに教えて」

「どうするわけ」

「一言物申すから」

久留米和人は腕を組み、「親から教えてもらった、世界の真実シリーズ、聞く?」と言う。

「聞く」

「『三十過ぎた大人の考え方を変えるのは、モアイ像を人力で動かすくらい難しい』って」

「モアイ像は歩いてやってきた、っていう伝説が残っているんでしょ、あっちでは」

「あっちってどっち」

「でもね、わたしもそれは分かる。うちのお父さんなんて、まったく変わらないから。何度お母さんに怒られても変わらない。学習能力もゼロだし、修正機能もゼロだし」

「織田さんのお父さんって何やってるの」

「居酒屋の店長。チェーン店なんだけどね」

「なんだか恰好いいね」「どこが」と彼女は溜め息を吐く。久留米和人は不快な相槌をしてしまったかと慌てるが、「勢いとノリと他人の手助けでどうにか生きてきた人の代表選手だからね」と嘆くのを聞けば、自分の父親にげんなりしているだけだと分かる。「どうして、あの男が、お母さんみたいな人と結婚できたのか、謎だよ。モアイ像の謎よりも謎。モア・ザン・モアイ像」

その強引な英語は何なのか、と久留米和人は苦笑する。「お母さんはぜんぜんタイプが違うの?」

「人の悪口は言わないし、やらなくちゃいけないことは文句も言わずにやるし、しかも美人なんだから。若い頃は、もうね、大変だったんだって。男の人から次々アタックされて」

「頼もう、頼もう、って？」

「道場破りじゃないんだから」

「じゃあ、お父さんはラッキーだったね。そんなお母さんと結婚できて」

「超ラッキーだよ。お父さんもそれは分かってるみたい。アイアム、ボーン、アンダーグッドスターとか叫んでるもん、時々」

「なにそれ」

「いい星のもとで生まれたとかそんなことじゃないの？　あの人、英語を適当に喋るのが大好きだから。『俺はストロンガー・ザン・ストロンガーだ』とか」

「何それ。ストロングの比較級？」

「仮面ライダーにストロンガーっていうのがいたんでしょ。何代目かに」と織田美緒は、徳川家の将軍の話をするかのように言う。「その、ストロンガーよりも強い、それくらい俺は強い、っていう表現なんじゃないのかな」

「面白いなあ」「面白くないよ」「俺の父親なんてただの会社員で、何が楽しくて生きているのか」

「ゴッドファーザーじゃないんだ？」織田美緒が言った。クラスの誰かが吹き込んだ偽情報のことだ。どこまで信じているのか、久留米和人には把握できなかったため、曖昧に否定した。

「でも、久留米君のお父さんだって、お母さんと結婚したわけだし、いろいろあったんだろうね」

「別に何もなかったんじゃないのかな」

織田美緒はそれから、じゃあわたしはこっちを見回ってくるね、と背中を向けて、奥へと向かいはじめる。

時計を眺めた。溜め息が出る。あと一時間以上も俺はここをうろつくのか、と久留米和人は途方に暮れた思いに駆られ、駐輪場のくせに何が聖地だ、とそもそも聖地と考えたのは彼自身の勝手に過ぎないにもかかわらず、なじりたくなった。

それからしばらくは、久留米和人は通路を歩き回った。すれ違う利用客は当然ながら、彼のことなど気に留めることもなく、淡々と自転車を停めていく。

なるほど、ただ本当に、分担作業をしてくれる男子を求めていたのだな、と落胆する。女子の友達のほうが好ましいのだろうが、犯人と渡り合うことを考えれば男子のほうが好ましいと判断し、男子は男子で別の厄介さもあるため、それならば、ゲイの傾向ありともっぱらの噂の同級生、机も隣の俺を選んだのか、と彼は納得する。

十五分ほど経った頃、久留米和人ははっとした。慌てて織田美緒の姿を探し、駆けつけた。

「思ったんだけど、ここの駐輪場って入ってきたところで自動券売機でチケットを買うでしょ」

「うん」「織田さんの言うように駐輪料金をケチる相手なら、そこでは買わないはずだ。だから、入り口のところを見張って、自動券売機を使わないまま、中に入ってくるやつが、怪しいんじゃないかな」「あ、なるほど」

「もちろん、自転車を置いた後で、チケットを買いに来る人もいるだろうけど」「少なくとも、来たとたんにチケットを買う人は除外できるもんね。鋭い、久留米君」織田美緒が大きな瞳で見つめてくるため、彼はたじろぐ。たじろぎながらも、胸の中で毬《まり》が弾む感覚がある。

久留米和人は自ら提案したものの、無賃駐輪の男が現われるようには思えなかった。

若い男女

笹塚朱美は、前に座る邦彦が、職場での出来事をとうとうと話すのを聞きながら、自分の気持ちがまるで弾まないのを感じていた。

話に興味がないわけではない。邦彦との関係に対して、浮き立つものを感じられなくなっていた。

期待に胸を膨らませて観に行った映画が、タイトルが映し出された時こそ感動が押し寄せてきたものの、上映時間が進むにつれ、「あれ？」と退屈を覚えずにいられなくなり、「いや、これから面白くなるはずだ」「だって、いい監督だもの」と自分に言い聞かせ、挽回《ばんかい》を期待し、けれどそれでも気に入らない点ばかりが増していくような感覚だ。

ファミリーレストランの店員と客として親しくなり、交際をはじめ、一年半が経った。途中で邦彦は就職し、笹塚朱美は学校の単位取得や教員採用試験のためのあれやこれやで忙しくなったが、それでも週末のどちらかはデートをし、恋人の関係を維持してきた。

まわりからは、仲の良い二人と見られていた。大きな喧嘩もなければ、別の異性に浮気するような騒動もなく、「飢饉《ききん》なしの江戸時代のように安泰」と言う友人もいた。その時には、「いや江戸時代よりはよっぽど俺たちのほうが穏やかだよ」と邦彦が笑い、笹塚朱美も同意した。

黒船が来ることも、明治維新が起きることもなく、このまま、二人で結婚することになるのだろう、と笹塚朱美も口には出さなかったものの、そう予想していた。

が、黒船は来た。何と名付けるべきものなのか、笹塚朱美にも分からない。「飽きた」であるとか、「魅力を感じなくなった」であるとか、そういった思いではなかった。

依然として、邦彦は、ほかの男に比べると、親しみやすく魅力的には思う。いい人だとも感じる。

「どうしたの、具合悪い？　大丈夫？」と邦彦が声をかけてきた。

馴染《なじ》みの喫茶店で向かい合っている。

「大丈夫」と彼女は答える。が、大丈夫？　と問われれば、大半の人は、「大丈夫」とほとんど反射的に返事をするものだとは、邦彦は気づいていない。

心配の声をかけ、相手がそれに応答すれば、それでおしまいだと思うのだろう。

「教育実習はどうなの？　最近の高校生は生意気じゃないの」と彼が訊ねた。

「そんなに変わらないよ。いつの時代も、むすっとしているし、幼いけれど大人びているし」

なるほどね、と答えた後でまた邦彦が話をはじめる。「今度、同期が結婚するんだけれど、披露宴はやらないらしいんだ。だから、会社でサプライズパーティをやろうと思っていて」

「それって」

「俺が新郎を連れていってね。居酒屋で二人で飲むと見せかけて、実はみんなが待ち構えているんだ。結婚祝いのパーティを開催する」

「へえ」笹塚朱美は思った以上に、自分の相槌が冷たく響くことに驚いた。

「いまいちな反応だね」邦彦の目が少し強張る。頬が引き攣《つ》った。しまったと感じ、いつもであればそこで、彼の話に合わせるためにギアを変更するのだが、なぜかそうする気持ちにはなれず、沼から足を引き抜くような思いで、「そういうのって、サプライズする側の満足じゃないのかな」と言った。

「え？」

「みんなで、誰かを驚かす準備をして、わいわいやるのって、やっぱり楽しいでしょ。もちろん相手を喜ばせたい、という気持ちもあるだろうけど、仕掛ける側のほうが楽しんでいるんじゃないのかな。驚かされるほうにだって、いろいろ事情はあるだろうし。嬉しいばっかりではないと思う」

「ああ、なるほど」邦彦の顔が曇る。思わぬところで鼻を弾かれたような気分なのだろう。むっとしていた。「でも、やっぱり、喜ぶと思うけどな」

「喜んでもらえると思い込んでいる時点で、ちょっと傲慢《ごうまん》かもしれないよ」笹塚朱美は言った。引っ込みがつかなくなり、感情に任せて言葉を続けるのではなく、今このタイミングで沼から出なくてはならない、と必死だった。強く足を引き抜き、一歩二歩と進み、脱け出るべきだ、と。

邦彦は困った表情になり、腕を組む。泣き出しそうにも、怒る寸前にも見える。それから少しして、「そんなにきつく言われると、ちょっと悲しいけれど」とぼそりと言う。さらに気の利いた言葉を続け、いつもの通り、笑い話に変えようとしていた。

笹塚朱美は、きっとわたしはこの立場がつらいのだろう、と気づきはじめた。

自分が年下のせいもあるかもしれないが、いつも彼が自分を驚かせ、楽しませる立場で、自分はそれを受け止めるだけ、といった関係性が苦痛になっている。

別に逆もいいじゃないか、と邦彦が言うのも想像できた。「俺を驚かせてくれても、別にいいんだよ」と。

ただきっと無理だ、と彼女は分かってもいる。驚かせるアイディアが浮かばないこともあるが、彼はきっと、驚かされても喜ばないだろうとも分かるからだ。彼はいつも、「誰かに与える」ことが喜びなのに違いない。

彼女は自分の中のもやもやとした不満を、なるべく感情的にならぬように彼にぶつけた。邦彦は時折、間を取るように返事をするものの、反論はしなかった。ぐっとこらえているのが伝わってくる。

「あの、ファミリーレストランの時、クレームを言われているわたしを助けてくれたでしょ」

「あのおかげで、親しくなれた」

「おかげで、って言い方がちょっと」

邦彦は顔を歪め、「それは言葉の綾というか、他意はないんだよ」と言った。「それに、あの時は助かっただろ」

「そりゃそうなんだけれど」自分でも何が言いたいのか、何が納得いかないのか、分からないでいた。人のために何かをしたい、という思いやサービス精神は間違っていない。それは理解できる。一方で、そういった態度に傲慢さを感じている自分もいた。「たぶん、きっとわたしにもまた、どっきりすることを仕掛けてくるんでしょ。会うたびに、それを疑って、構えてしまうの」「どういう意味？」「分からないけれど」「俺が、サプライズでプロポーズをするとか？」「具体的なことではないけれど」

「そんなことまで先回りして考えて、しかも勝手に怒られても、俺はどうすればいいんだよ」

さすがに邦彦も苛立ちを浮かべ、語調も強くなりはじめる。店内は混んでいるわけではなかったが、少し視線も集まってくる。

どうすれば良いのか、と途方に暮れ、笹塚朱美は泣き出す。

高校生

織田美緒は肝が据わっているのか、それとも後先を考えないだけなのか、とにかく、駐輪場の地下から階段を駆け上がると、その男を追った。

慌てて、久留米和人はついていく。

数メートル先に、のしのしと歩き遠ざかっていく背広の男がいる。先ほど、久留米和人たちの目の前で駐輪チケットを他人の自転車から、ぺりっと剝ぎ、自分の自転車のサドルに何事もないように貼り直し、つまり、性懲りもなく無賃駐輪の行動を取った男だった。

堂々とした歩き方ではあったものの小柄で、服装からも会社員に見えたことがいけなかったのかもしれない。見るからに危険な男であれば、織田美緒も呼び止めるのに躊躇したのではないか。

とにかく織田美緒は、後ろから、「おじさん」と声をぶつけていた。

男は立ち止まり、振り返る。その時点ですでに不機嫌が充満しているのが、見て取れた。眉間に深い皺が刻まれている。常にそういった気難しい表情をしているがために、ついた溝に違いない。制服を着た織田美緒を見ると、訝りつつ、「何か?」とむすっと言った。

久留米和人も追いつく。「あ、いえ、すみません」

「謝ることないよ」織田美緒は感情的になるというよりも、いっそう冷徹な態度となって、「おじさん、駐輪料金ごまかして、恥ずかしくないんですか」と訴えた。

真正面の直球勝負で行くとは、と久留米和人はのけぞりそうになる。

「え、何？　どういうこと」とぼけるようでもなく、男は聞き返す。五十過ぎだろう、快活さや爽やかさとは無縁の、怠惰な印象の会社員だった。眉が濃く、眼鏡をかけている。

「駐輪場で、人のシールを、取っちゃったでしょ。わたし見てたんですよ。というか、昨日は、わたしのシールが盗まれました」

「人聞きの悪いことを言うな」男は低い声で責めてくる。「何の証拠がある」

「しっかり見てたんだから」

「そんなのが証拠になるか」男の声は大きくはなかったが、はっきりと周囲に轟《とどろ》き、通行する人たちが数人、振り返った。

「だって、剝がしたでしょ。隣の子供用の自転車から。今から戻って、確かめてもいいし」

「時間がない。暇じゃないんだ」男は腕時計をつけていると思しき手首を、別の手の指で突いた。

「それに、仮にその子供の自転車に貼られていなかったとしても、それはもともと子供がお金を払っていなかったんじゃないのか」

男がまた歩き出そうとしたものだから、織田美緒がその肘を引っ張った。無理にこちらに向き直させる。

「痛えな、おい」男の眉が隆起し、ねじ曲がる。「お嬢ちゃん、ほんと勘弁してくれないかな」と言うと、久留米和人に目をやり、「なあ、お兄ちゃん、ちょっとどうにかしてよ。言いがかりも度が過ぎる」とむすっと言う。

怯《ひる》んだものの久留米和人は腹に力を込め、一歩前に出る。こういった時のために、男子生徒である自分が連れてこられたのだという使命感もあった。「俺も見ましたよ。子供用の自転車から取るのを」

相手の目をまっすぐには見られなかった。声も少し上ずっている。

「あのな、五十円だぞ。五十円のことでいろいろ言われなくちゃいけないのか」

「でも、あの子はその五十円のことで、面倒なことになるかもしれないでしょ。せっかくお金を払ったのに、誰かに取られちゃうなんて、理不尽なことになっちゃうんだから」

男はそこで大きく溜め息を、はっきりと声に出すようにして吐き出した。不満げな顔つきと不愉快さたっぷりの息は、それだけで他者に威圧感と恐怖を与える。

「おい、君たちの学校はどこだ。今度、ちょっと話を聞かせてもらおうじゃないか。平日の夕方に寄り道した上に、大人に難癖をつけて、いったい何が目的なんだ」

「ズルした上に、偉そうにふるまう大人に、物申したいだけです」織田美緒は不退転の意志を滲ませているが、久留米和人はそれよりは冷静で、「いったいどうこの場を収めるべきか」と悩む。

「他人に向かって、そういう口の利き方はどうなんだ」男はひときわ力強く、圧のかかった声を発した。「人生経験ゼロの高校生が」

「もちろん、わたしのほうが未熟ですけど、ただ、わたしは少なくとも、人のお金は取りませんよ」「人を泥棒よばわりするな」男はそこから、「だいたいな、最近の高校生は」と矢継ぎ早に言葉を投げつけてきた。人差し指を突き出し、顔も赤くなりはじめている。

織田美緒もさすがにその剣幕に圧され、いまさらになって恐ろしさを覚えたのか、目を泳がせた。ちょっと、と久留米和人は加勢するために前に出ようとしたが、何を口にすべきか咄嗟には分からない。

このままでは男の興奮が上昇し、暴力沙汰に発展するのではないか、と怖くなった。

その時、一度通り過ぎた女性が踵《きびす》を返し、戻ってくるのが目に入る。

深堀先生だ、と久留米和人は察した。どうしてここに、と思いつつ、声は出さなかった。深堀先生が指を口に当てており、それは、「反応するな」のサインだと受け取れたからだ。男の背後からやってくる。織田美緒にも把握できたはずだ。

「あの、どうされたんですか」と深堀先生が恐る恐る訊ねてきた。

男は首を捻り、「あんたには関係ない」とむすっとしたまま、追い払うために手を振る。

「あ、もちろん関係はないんですけれど、どうしても心配で」深堀先生はへっぴり腰に近い恰好で、低姿勢だった。

「心配って何がだ」

「いえ、あなたがです」深堀先生は言うと、織田美緒のほうに手をそっと向け、「あの、こちらがどなたの娘さんか、ご存知で喋っていらっしゃるんですか?」と言った。

はあ、と久留米和人はきょとんとする。織田美緒も、え? と虚を突かれた反応だった。

「知ってて、そんな口調で怒っているだなんて、ずいぶん命知らずだな、と思って」深堀先生は続ける。

「はあ?」男は怪訝《けげん》そうに片眉を上げた。先ほどまでは見当たらなかった警戒心が、少し漂ってきた。「命知らず?」

「わたしも関わりたくないので、ここで退散しますけれど。あ、あの、お嬢さん、わたしのことはお父さんに言わないでくださいね」深堀先生は真剣な態度で、織田美緒に頭を下げる。

「は、はい」状況が呑み込めていないのだろうが、織田美緒は顎を引いた。

「じゃあ、あの、存分にどうぞ」深堀先生は言うと、その場を去っていく。

取り残された三人、男と織田美緒、そして久留米和人はしばらく黙ったまま、見つめ合う。

その後、男は明らかに挙動がおかしくなった。気勢を削がれたところもあるのだろうが、それ以上に、織田美緒が何者であるのか気にかかっている様子だった。

「あの、五十円の件ですけど」織田美緒がむすっと口を開く。

「分かったよ、分かったよ。払えばいいんだろうが」男は言い、気まずそうに駐輪場の場所へと去っていこうとする。

久留米和人はそこで、「あ、そんな言い方していいんですか?」と言う。「顔、覚えましたからね」

「わたしのお父さんに、言いつけたくはないんだけれど」織田美緒が続けた。

男が早足で、顔を隠すように遠ざかっていくのを見送ると、久留米和人たちは、深堀先生の姿を探した。

高校生

「ああいう、思わせぶりなことを言うと、相手も怖いでしょ。いったい、この女子高生は誰の娘なのか、なんて、もやもや考えちゃうし」深堀先生は目を細める。

駅前駐輪場から少し離れたところだ。そこで、久留米和人たちは深堀先生に追いつき、何があったのかを話した。

「まあ、でも、無賃駐輪なんて、可愛い罪だけどね」と深堀先生が小声で言った。

「先生がそういうこと言ったら、まずいでしょー」織田美緒が指摘する。「それに、罪は可愛いものでも、あのおじさんの態度はまったく可愛くなかった」

「まあね」

「そういえば、列車に無賃乗車する男と本気で決闘する映画もありますよね」

「織田さん、そんなの観るの？」

「あの監督好きなんですよ」と織田美緒が溌剌と言うが、久留米和人にはその監督の名前が分からない。後で、どうにか調べられないものかと考えてしまう。

「でもほんと、可笑しかったな。あの人、ちょっとびびってたし」織田美緒が笑う。「先生の作戦、馬鹿馬鹿しいけれど、効果的だったね」

久留米和人も口元を緩めた。「もしかしたら、本当にやばい奴の娘かもと思っちゃうよ」

「織田信長の娘だったり？」深堀先生がぼろっと言い、久留米和人が声を立てる。

「実際のわたしの父親は、若くして、美人のお母さんと結婚した、ただの不良のラッキー親父だけれど」織田美緒が肩をすくめる。

「ストロンガー・ザン・ストロンガーの」と久留米和人は言わずにいられない。

自転車に乗った親子が横を通り過ぎて行った。

「でもまあ、危ない目に遭わないで良かったよ。こんなことを言うのも何だけれど、正義とかそういうのって曖昧で、危ないものなんだから」

「はい」織田美緒は意外にも殊勝にうなずいた。「お母さんに言われます。自分が正しい、と思いはじめてきたら、自分を心配しろ、って」

「へえ」

「あと、相手の間違いを正す時こそ言葉を選べ、って。というか、先生、どうしてここに来たんですか？　わたしたちが揉めているのを察知して？」

深堀先生が先ほどとは違った種類の笑みを浮かべた。「それは密告があったから」

「密告？」久留米和人はその言葉が何を指すのか分からない。

「織田さんと久留米さんが駅のほうで、何やら怪しいデートをするようなので、先生、見回りに行ったほうがいいですよ」

「え？」

「という情報が多数、職員室のわたしに寄せられました」深堀先生が、うんうん、とうなずく。

「デマカセかなとは思いつつも、今日は早く上がれそうで、来てみたら」

「わたしがおじさんと言い合いをしていた、ということですか」織田美緒は腕を組む。「なんでそんな嘘情報を流されたんですかね」

久留米和人は口にはしなかったものの、「織田美緒と、俺が一緒に行動することへのやっかみ」が原因だろうとは想像できた。よくもまあ、そのような妨害工作をするものだと感心するが、一方で、自分の役が別の同級生であれば、やはり、邪魔の一つもしたくなったかもしれぬ、とは思った。

深堀先生もそのあたりの、男子生徒の心の機微、というほど細やかなものではないが、事の真相については想像がつくのか、「織田さんは人気だねえ」とにやにやした。

「何言ってるんですか先生」

「あ、和人じゃないか」と馴染みのある男の声が届いたのは、その時だ。

はっと横を見れば、自転車を押しながら歩く父親がいた。「学校帰りか」

話しかけてくるなよ、と久留米和人は顔を背けたかった。自慢できる父親ではないどころか、むしろ、恥だと思わずにはいられない。

「あ、久留米君のお父さんですか」織田美緒が挨拶をする。

これで自分が織田美緒と親しくなる道は閉ざされた。久留米和人は瞬時にそう思った。ただでさえ彼女は遠い存在だったが、このような、さして長所のない男が父親だと明らかになったとなれば、もうおしまいだ、と。自分が慎重に運んでいた卵がすべて落ちて、割れたような感覚に襲われ、久留米和人はその場で叫びを上げそうになる。

父親が自転車のスタンドを立てた。ごく普通の、主婦が乗るようなスタイルの自転車であることが、また久留米和人を落胆させる。が、とりあえず無視することもできない。いまさら、「どちら様ですか」ととぼけては、余計に印象が悪い。

「親父、こっちが担任の深堀先生だよ」と半ば自棄を起こした言い方をする。

「はじめまして。いつも和人がお世話になっています」と父親が頭を下げた。「和人の父です」

「これはこれは」深堀先生がそこで答えたが、その声が妙に明るいことに、久留米和人は気づく。見れば、笑いをぐっとこらえ、目を輝かせている。そして、深堀先生が、「はじめまして、ではないんですけどね。お久しぶりです」と言うものだから、あれ、と首を傾げずにはいられない。

久留米和人の父も首を前に出すようにし、「お久しぶり？」と鸚鵡《おうむ》返しにした。

「和人君は本当によく似てるよね」と深堀先生は言うと、「You look like your son.」と英語を滑らかに発音した。

「you」って誰のことか。俺か、と久留米和人は自分を指さすがすぐに、「your son」とあるのだから、父親に言ってるのかと気づく。

「久留米って苗字も珍しいでしょ。だから、最初に名簿を見た時には、もしかして、と思ったけれどね。和人君の顔を見てすぐに、これはもう絶対そうだ、と確信しちゃった」

「ゼッタイソウダ？」久留米和人は聞き返す。

「君が、この人の息子なんだろうな、って」

「この人？」と今度は父親を見る。織田美緒は大きい瞳をぱちぱちとさせている。

「あのね、ちょうど今、懐かしいあの作戦を使ったところでね」深堀先生は嬉しそうに続ける。久留米和人たちが混乱し、霧の中を彷徨《さまよ》うかのような表情でいるのを眺め、楽しんでいる様子だった。「すごいよ。二十年近く経っても、まだ有効だったんだから。『この子がどなたの娘かご存知ですか』作戦は」

「え、その作戦ってさっきの？」久留米和人は、駐輪場に戻った男の方角を指さすようにした。

「あれはもともと、君のお父さんが考えた技なんだよ。技というか、作戦というか」

久留米和人の父親は口を縦長に開き、水面で餌を食べる金魚さながらの面持ちで、「え」と指さした。「朱美？」

「息子の担任を、馴れ馴れしく呼び捨てにしないほうがいいと思いますよ」深堀先生が茶化すように言った。「結婚して、今は深堀です」

「おい、親父、どういうこと？」久留米和人は二人を交互に眺め、「知り合いだったの？　どういうこと」と当惑する。

「え、本当に？」久留米和人の父、すなわち久留米邦彦は状況が呑み込めず、あたふたと答える。横にいる久留米和人からは、父親が急に若返り、たとえば大学生の従兄《いとこ》になったかのように見えた。

「懐かしい？」

「というかまだ、混乱していて」

「でも、ほら、わたし、あの頃に抱いていた念願、ついに叶《かな》ったよ」深堀先生が言った。

「念願？」久留米和人の父親が聞き返す。

「わたしがサプライズをする側になってみたかったから」

「ああ」

「和人君の担任になった時に狙ってたの。いつか会ったら言ってやろうって」

「言うって、何を」

深堀先生は満面の笑みを浮かべ、両手を広げるようにすると、「サプラーイズ」と口にした。

それからようやく、久留米邦彦も落ち着きを取り戻し、「懐かしい」「驚いた」「こんなことがあっていいのか」と深堀先生と言い合う。

久留米和人と織田美緒はそのやり取りを聞いているだけとなる。が、途中でさすがに気にかかったのか、「あの、もしかして、懐かしい再会で、二人はときめき合ったりしないよね」と恐る恐る確認した。邦彦と深堀先生が同時に噴き出した。

「頼むよ、どろどろしたのはごめんだから」と久留米和人が懇願口調になる。

あるわけがない、安心するように、と二人が同時に説明する。

「一つね、わたし、見直したことがあるんだけどね」深堀先生が言った。

「俺のことを？」

「そう。前に学校行事の関係で、和人君のお母さんが来てくれたことがあったの。素敵な人と結婚したんだな、とわたしも嬉しかったけれど」

「何と返事をしたものやら」久留米邦彦はこめかみを掻く。

すると深堀先生は一歩前に踏み出し、久留米邦彦に顔を近づけると、「わたし、付き合ってる時から、あなたは絶対、胸が大きい人のほうが好きだと疑っていたから」とささやく。

「二十年の時空を超えて、またその話か」

「別れる時もどうせこの人、胸の大きな女と結婚するんだろうなと思ったんだけど」深堀先生は目を細めた。「だから、奥さんを見かけた時、どうしても胸に目が行っちゃって」

「何なんだ」と久留米邦彦も苦笑する。「でも、俺が嘘ついていなかったのが分かっただろ」

あの、その会話全部聞こえてるんですけど、と久留米和人は言わずにいられない。「I like your father.」と織田美緒が笑いながら言った。

メイクアップ

わたしも十代の頃はいじめられていたんだよね、と同期の佳織《かおり》に言った。

夜の九時近く、仕事場にはほとんど誰もおらず、わたしは新商品のリリース資料を確認していたのだが、そこに隣の部署の佳織が、いかにも残業に飽きたので気分転換で雑談に来ました、といった風情で現われ、「化粧品を作る会社のわたしたちが残業続きで、肌を悪くしちゃってるだなんて、おかしいでしょ。医者の不養生というかさ、自打球で欠場しちゃうスラッガーというかさ」と声をかけてきた。

「その譬えが合っているのかどうか」

入社の時から、同期の佳織は肝の据わった新人として社内では注目を浴びていた。思いついたことを熟考することなく次々口にする性格で、はじめのうちわたしは苦手に感じた。が、自分と正反対の存在であるからか、自分に足りない部分を補ってもらえる安心感なのか、付き合ううちに好感を抱くようになっていた。今や、自分の夫を除けば、安心して話ができる数少ない一人となっている。

いじめの話題になったのは、佳織が、「憎まれっ子、世に憚る」について話しはじめたからだ。最近、彼氏と喋っていて、自分がその格言を間違って解釈していたことが判明した、と言った。

「憎まれっ子って、いじめられっ子のことだと思い込んでいたんだよね。語呂が似てるでしょ。

で、憚る、ってトイレのことだと思って」

「トイレのことを、はばかり、と言うから？」ずいぶん古い言い回しだとわたしは笑ってしまう。

「そうそう。だから、いじめられっ子がトイレに閉じ込められちゃうことを表現してるんだと、わたしは思ったわけ」

「それが格言だとしたら、何を学べばいいの」

「いじめられっ子は、トイレに閉じ込められないように気をつけるんだぞ、という助言だよね」

佳織は自ら納得するように、首を揺すった。「まあ、実際はそういう意味ではない、と昨日、彼氏に言われて判明したわけですが」

「憎まれっ子、ってどちらかといえば、いじめっ子のほうだよ。いじめっ子ほど、堂々と生きてる、というか」わたしはそこでディスプレイから目を逸らし、マウスにやっていた手を離し、体を横にし、佳織と向き合い、「わたしも昔、いじめられていたんだよ」と話していた。自分の過去のつらい記憶を思い出さずにいられず、それはすっかり乾いたと思えるかさぶたを、そっと触り、さすがにそろそろ治ったかしら、とめくって確かめる感覚と似ていた。が、つらい傷は容易に癒《い》えるものではなく、思った以上に傷口は生々しいものだから、「十年経ってるのにまだ？」と呆れる思いに駆られた。

「結衣《ゆい》は、ほら、可愛い上に真面目だから、まあ、高校時代とかはいじめられてもおかしくないね」

わたしは危うくむきになりそうになるのを、こらえた。もちろん、佳織は実情を知らぬのだから、責めることはできない。

「高校時代のわたしは、今よりもぜんぜん太っていたし、もうね、クラスのカーストでいえば、最下層だったんだから」

「共学？」

「共学だよ。栃木の進学校。高校生とかだとさすがに、表立って、嫌がらせはされなかったけれど、それにしても常に馬鹿にされてる感じだったしね。しかも、運が悪いことに、クラスの女子の中心人物が、ほら、さっきのあれだったから」

「さっきのあれ？」「憚っちゃうタイプの」「憎まれっ子？」

その子はとにかくいつも堂々としていた。常に女子生徒の輪の中心にいて、饒舌だった。とびぬけて外見が良いほうでもなかったものの、小綺麗にし、垢抜けていた。そして、よく、評論家じみた口ぶりで同級生を批判した。

「批判というか、批評というかね。『誰それの今度の髪型、ちょっと失敗してるよね』とか。その子はお洒落《しゃれ》に詳しかったから、わたしなんかは、ふむふむ感心しちゃって」

肥満体型で動きが鈍く、体重は重いにもかかわらずクラスでは軽んじられる存在で、目立たぬように、嫌われぬようにと愛想笑いをして、どうにか日々を生きていたわたしとは対極にいた。

「それは、もう、定番だよ」

「定番？」

「プチ番長の。自分が審判役になっちゃうの。恰好いいとか、ださいとか、その判定をするのも、何をやるのかを決めるのも、わたしです、ってポジションをいつの間にか取ってるんだよね。わたしの友達にもいたよ、そういう子。しかも、そういう子は情報戦に長《た》けてるからさ、自分が嫌われそうな雰囲気を察知したり、別の同級生が台頭してくる気配があると」

「台頭って、豪族みたいだね」

「同じ同じ」と面倒臭そうに言う佳織はどこか頼もしさもあった。「で、そうなると、そういう子はいち早く、みんなに情報操作を仕掛けるわけ。台頭しそうな子のマイナスになるような噂を流したり、自分の味方になったほうが得だっていうムードを作ってね」

「何で分かるの！」わたしは大きな声で言ってしまう。

まさに、わたしの同級生がそういったタイプだった。ある友人が学校を休んだ時に、「最近、彼女がわたしに頼ってばかりで、鬱陶《うっとう》しいの」と言い、それは悪口ではなく悩み相談の体裁をしているのがまた巧妙なのだが、欠席した女子生徒に負のイメージを与えることを口にし、わたしを驚かせた。いつも楽しそうに集まり、「親友だよね」と口にし合っていた友人に、そのような思いを抱いていたのか、と。

「それで、結衣はどんな意地悪をされたんですか？」アナウンサーが取材を行うかのように、マイクを構えた仕草で佳織が手を出してきた。

「わたしの場合は、いろいろあるけれど、大きいのは、発表会の行事で」一番、癒えていないかさぶたを剝がしてみる。

「発表会？」

「クラスでいくつかグループを作って、学校全体の行事で発表するの。漫才をやったり」

「バンド演奏とか？」

「そうそう。どれもまあ、素人芸だから高が知れてるんだけど、手品が得意な男子とか、ダンスできる子とかは目立って、脚光浴びちゃうの。それで、わたしたちは歌うことにしたわけ。当時、流行の女性ユニットの楽しい曲を、振り付けも練習して」

「へえ、結衣も踊ったの」

「わたしも一応、そのグループに入れてもらっていたからね」

入れてもらっていた、だなんて、「へりくだりすぎだ」と佳織から揶揄《やゆ》されるが、実際、高校時代のわたしは絶えず、へりくだり、グループの隅っこにいた。末席を汚しております、の心境だった。

「太っていたわたしなりに踊りを練習してね。だって、みんなの足を引っ張れないでしょ。保護者も観に来るんだし」

「泣けるね」

もっと泣けたのが、発表会当日だった。ステージに上がり、さあはじまる、と呼吸を整えたところで、スピーカーから流れてきたのが聞き慣れぬ曲だったのだ。

「どういうこと、それ」佳織が眉間に皺を寄せた。「曲のかけ間違い？」

かぶりを振る。「楽曲が変更になってたの。振り付けももちろん、それに合わせて変更になっていて。わたしはさ、もう何が何だか分からないし、慌てふためいて」

「そりゃそうでしょ。どうしてそうなったの」

前々日にその、中心人物の彼女が、「曲を変更しよう」と提案したのだ。わたしはその場にいなかった。確か、塾か何かの用事で不在だったのだが、ほかの友人たちはその間に、別曲での練習をした。本番が終わった後で、一人が、「もしかして曲が変わったこと知らなかったの？」とわたしに言ってきた。そこにはわざとらしさはなく、ただ驚きと同情があった。

「どうもね、その、中心人物の子が」

「憎まれっ子ね」

「彼女が、『わたしが、あとで高木さんに伝えておくから』と、あ、わたしの旧姓、高木だったからね、そう言ってたんだって」

「その憎まれっ子、わざと結衣に伝えなかったんだね。うわあ、最低」

「わざとかどうかは分からないんだけれど」

「問い質さなかったわけ？　問い詰めなかったの？」

「あの頃のわたしには無理だよ。もやもやしたけれど、彼女を責めるのはもちろん、『嫌がらせ？』って確認することもできなくて。ただね、少ししてから彼女が、『あのデブ、舞台でおろおろしちゃって、傑作』と笑っているのが聞こえてきて」

「うわあ、それ、絶対、その発表会事件のことでしょ。わざとやったんだよ。最悪だ、その女。そうやって、人を困らせて、優越感に浸るんだよ」いきり立ち、拳を振り回し、今すぐ時空を遡《さかのぼ》り十年前の高校へと乗り込まんばかりだったが、自分の腕時計が目に入ると、「あ、データの計算終わったかも。じゃあ、またね」といそいそと、自分の机に戻った。

♪

「窪田《くぼた》さんの旦那さんは、あなたの化粧のことについて何か言う？」

上司の山田さんがエレベーターの中で言ってきた。てっきり、自分の化粧がどこか変であったのかと慌てて、エレベーター内の鏡で確認したくなった。山田さんは広報部の部長補佐だった。補佐とは名ばかりで、実際は、部長とは名ばかりのお飾り上司に代わり、部を取り仕切っている。まだ三十代の半ば、という年齢を考えれば、すごいことだ。

「やっぱり化粧品を作っている会社なんだから、あなたの旦那さんも興味があるのかな、と思っただけなんだけど」エレベーターの階数表示の点灯を見上げながら、山田さんが言う。

「いやあ、うちの旦那は、わたしの顔もあんまり見ないですからね。髪型変わっても気づかないですし」

「でも結婚して、まだそんなに経っていないでしょ」

「二年前、お互い二十六の時です。仲が悪いわけではないんですけど、近くにいると、もう、逆に変化に気づかれないいんですかね」

「近くにいてもそんなものだよね」山田さんは笑った後で、「二十六といえば、わたしが仕事を頑張るぞ、と決めた頃だね」と言った。

「そうなんですか？」

「二十六、七くらいで、会社でいっちょ頑張ってみるか、と決めて」

意外な側面を見せられた気がした。「実際、結果を出しちゃってるのがすごいですよね」

「どうだろうね」山田さんは苦笑気味の表情で首を傾げる。「ただ、わたしの友達が、世界チャンピオンと結婚したりしてね」

「え、チャンピオン？」

「そのチャンピオンの練習とか見てるとさ、わたしも負けられないなあ、と思ったりして」

そう言われてもいったい何の話なのか、そもそも何の競技のチャンピオンなのかも分からず、「え、どういうことですか」としどろもどろに聞き返すことしかできない。

山田さんは、それ以上、詳しい説明を足すつもりはないようだった。「何の話でしたっけ」

「ああ、そうそう、化粧に旦那さんが気づくか気づかないか、という話で」山田さんはうなずいた後で、「『このメイクは、気づかれない』」と続けた。

「何ですかそれ」

「この間の、広告会社から出てきたざっくりしたコンセプトなんだけれど」

「気づかれないって、いいんだか悪いんだか分からないですね」

「だよね。でも意外に、わたしたちが、『こりゃよく分からないな』という広告が受けたりするから困るんだけど」

エレベーターが停止し、扉が開く。通路を進み、会議室へ向かう。オリエンテーションのためだ。新商品のプロモーションについて、複数の広告会社が名乗りをあげている。そのうちの一社と顔合わせをし、基本的な商品情報を説明する。

「山田さん、あの、どうしてもう一社、ここに来て、入ってきたんですか？」

すでに二社、三チームがコンペには参加しており、商品説明についても終えていた。それがここに来て、別の広告会社も参入することになったのだ。

「後出しだったとしても、大手だからね。ほら、昔は付き合いがあったわけだし」

広告業界で、厳密にランキングがあるのかどうか、わたしはよく知らないが、これから会う相手は、知名度でいえば、一、二を争う一流の広告会社だ。

昔は商品開発を一緒にやることもあったほど関係は深かったのだが、先方が不祥事を起こし、それもわたしたちの会社の社長に対する個人的な失礼、だったらしいのだが、とにかくそれきり、しばらくそことは仕事をしなくなっていたらしい。

「まあ、うちも社長が代わって、あっちも半年前に組織改編があったみたいだしね。ずいぶん経つし、禊《みそぎ》も済んだということで、そろそろ復縁の話も出てきていて。そこで、今回の話が出てきたから、向こうもやる気を出してきたんだろうね。うちの新商品、結構大きいでしょ」

「ああ、そうですね」

四十代後半の女性をターゲットに打ち出した新商品を、単品ではなく、薄い赤色をトータルイメージにし、大きく展開していくことになっていた。レコード会社における新レーベルのようなものかもしれない。

　年齢とともに化粧の経験も積み、自分に似合うメイクがどういったものであるのかも分かり、派手に飾り立てるよりは自然に、不快感を持たれない程度に色を塗ろう、と考える年代の女性に、シンプルでいて、少し新鮮な気持ちになれる化粧用品を、といったコンセプトだった。豪華なケーキや高級なワインもいいけれど、たまたま食べた杏仁豆腐《あんにんどうふ》が美味《おい》しかったら、気分いいでしょ、あんな感じ。とは、プロジェクトのはじめから携わっていた山田さんの言葉だ。

「あっちの会社としては、この大きなプロジェクトに何としても食い込んで、存在感をアピールしたい、と思ったんでしょうね。どこからかコンペの話を聞きつけ、まあ、どこからも何も同じ業界なら筒抜けではあるけれど、うちの上のほうに掛け合ったみたいよ」

「割り込んできたわけですか」

「向こうのディレクターって、照川《てるかわ》さんっていって、最近話題のCMを連発しているし、飛ぶ鳥を落とす勢いでしょ。だから、うちとしても、もし良いアイディアが出るなら頼みたい、ってところが本音なんだよね」

　落とされる鳥の思いについてぼんやり考えながら歩いていると、会議室が見え、わたしは緊張する。まだこの部署に来て、日が浅いこともあるが、もともと他者と顔を合わせ、お互いのパワーバランスやポジションに気を配りながら、仕事を進めることは苦手なのだ。誰にも会わず、こつこつと、計算や書類作りをしているほうが性に合っている。

　わたしの緊張を見透かした山田さんはドアを開ける直前で動きを止め、「まあ、大丈夫だから。

こういう言い方は良くないけれど、立場からするとわたしたちのほうが上だから」と笑った。

「え」

「ほら、あっちはプレゼンで、今回の宣伝の仕事を請け負いたいわけでしょ。選んでもらう立場で、うちは選ぶ側。なんて言ったら、身も蓋もないけど、それくらいの気持ちだと楽でしょ」

「あ、はい」

「それで威張っちゃうような人だったら、こんなこと言わないけれど、窪田さんはそういうタイプじゃなさそうだから」

あ、はい、と答えたところでドアが開き、わたしは会議室に入る。

ぐるっと長いテーブルが繋がり、四角形が描かれている。その奥に広告会社の五人が座っていた。こちらを見て、一斉に立ち上がる。

「山田さん、お忙しいところ申し訳ありません」

いつの間にかわたしと山田さんの前に、彼らは一列に並び、名刺を構えている。

先頭に立った男性は、チーフディレクターで、見るからにお洒落だった。年齢は四十前のまだ青年にも感じられる。童顔を隠すために生やしたのかと思しき顎の鬚《ひげ》も、清潔感があった。

「このたびは機会をいただけて、ありがたいです」

「こちらこそ、照川さんが手を挙げてくれて、光栄です」山田さんは笑みを浮かべる。社交辞令のビジネス仕様の笑い方でもあるのだろうが、実際、相手を尊敬する思いも滲んでいた。「こちらは、部下の窪田です。うちの新入りですが、優秀です」

滅相もない、とわたしは強く否定する。名刺を交換する。それから、次々に挨拶と名刺のやり取りが続いた。照川さんのアシスタントに、プロモーション担当者と営業担当者が二人といったところだ。

よろしくお願いいたします、とお互いが穏やかに挨拶をし合うのは、平和な瞬間に感じられた。果たして、この会社がプレゼンで、仕事を得るのかどうか分からないのだから、どこか申し訳ない気持ちになる部分はあった。二股をかけ、どっちつかずの対応をしているような、もちろんそういった経験はないものの、罪の意識を覚えた。

「そのこと」に気づいたのは、名刺交換の終わりかけだった。息が止まるほどの驚きを感じたにもかかわらず、声を上げるのをこらえ、挙動不審になることもなかったのは、自分を褒めてあげたいほどだった。頭の中が空っぽになるというよりは、脳の中で、目に見えぬ何かが炸裂《さくれつ》し、言葉という言葉が散り散りになったのを必死に掻き集め、どうにかこうにか平静を装い、挨拶をした。

最後に名刺を寄越してきた、営業担当者の女性は、「どうかよろしくお願いいたします。苗字にわたしも、『くぼ』が付くので、似ていますね」と頭を下げた。もらった名刺を見るまでもなく、わたしは彼女が誰であるのか分かっていた。

小久保《こくぼ》亜季《あき》、とある。

わたしの高校時代、クラスの中心人物として君臨していた彼女だ。

♪


来たね、これは。

佳織は活《い》き活《い》きとした顔つきとなっていた。

復讐の時が来たわけだよ。

仕事が終わった後のトレーニングジムだ。脂肪がどうこう、彼氏が痩せろとうるさいからどうこう、と佳織が言い、「ジムに通いたいから、一緒に行こう」と誘ってきたのが半年前で、わたしはさほど気乗りしなかったものの、運動するのは悪いことではないだろう、とも思い、入会した。今や彼女よりもわたしのほうが真面目にやってきている始末だ。今日は珍しく、佳織も一緒に来た。

エアロバイクを漕ぎ、トレーニングマシーンを使った後で、更衣室に引き揚げる。そこでわたしはその日にあった出来事を話した。つまり高校時代の同級生、中心人物として君臨していた子が、広告会社の社員として現われたのだ、と。

「復讐って、そんなことは」

「これはもう神様の采配《さいはい》だろうね。高校時代、結衣のことを笑いものにした憎い敵がだよ、今、このポジションで登場してくるなんて、神様もやるね。名采配だよ」

「このポジション?」

「だって、うちの会社の新製品シリーズの大きな仕事で、しかも、あっちは取引復活を願って、必死に契約を取りにきている状況でしょ。立場からすれば、うちは選ぶ側、あっちは選ばれる側。山田さんの言った通り。これは完全に、結衣が有利でしょ。向こうも、ここに来て後悔してるんじゃないの。何という身から出た錆《さび》、とか叫んでるかもよ」

「有利とか言っても、別にわたしが偉いわけではないからね。あっちも営業サブみたいなポジションだから、わたしも彼女も雑用係というか。それに向こうは、わたしが高校の同級生だとは気づいていないと思う」

佳織はジャージを脱ぎ、ジーンズに足を通していたところだったが、そこで動きを止め、驚きの表情になると、片足だけ外に出した状態でぴょんぴょんとバランスを取るように、「え、気づいて、ないの？」と飛び跳ねるリズムで言った。

そうなのだ。

一番の理由は、わたしの外見がかなり変わったことだろう。高校時代は身体はもとより、太腿《ふともも》にもボリュームがあり、のしのしと歩く樽《たる》のようでもあった。髪も簡単に結んでいるだけで、お洒落の「お」の字もなかった。

わたしはロッカーからジャケットを取り出し、羽織る。

「結婚して、苗字も違うからね。あっちは、『くぼ』って字が同じだってことを気にしていたくらいだし、名前のほうはあまり気にしていなかったのかも。意外に、結衣って名前は多いし。高校の同級生に、窪田って苗字の男子もいたけど、窪田だってそれほど珍しくはないし。あとはほら、あれの力で」

「あれ？」

「弊社の化粧品の」わたしは笑って、自らの顔を指差す。「メイクの力で、高校時代とは別人に見えるのかも」

「今、化粧落ちてるけどね」

わたしは苦笑する。「まあ、運動して汗かいたから」

佳織はひたすら、「いじめっ子を、どうやって、ぎゃふんと言わせてやるか」に思いを馳せ、盛り上がっていた。

「一番、シンプルなのは、告げ口だよね。あっちの広告会社のチームの誰かに、教えちゃうわけ。『あの人、実は高校時代の同級生なんですけど、こんなにひどい人でしたよ』とか」

さすがにそれは、とわたしは反対した。「そんなに昔のことを持ち出して、言ってくるなんて、よっぽど執念深いと思われちゃうだろうし」

「でもさ、いじめっ子ってのは、それくらいの傷をみんなに与えているもんなんだから。執念深いも何も、おまえが悪いんだっての！　くらいの気持ちでいないと負けちゃうよ。まわりが甘やかすと、世に憚っちゃうから」

そうは言ってもどうしようもない、とわたしは答えた。

「久しぶりに再会した感想はどうだったの。彼女は昔のままだった？　それとも、少しは成長のあとがあった？」

どうだろう。向き合って名刺交換をした時は、ショックのあまり何も考えられなかった。小久保亜季が自分に気づいているのかどうか、そのことも気になり、狼狽《ろうばい》するほかなく、とにかく、狼狽が表に出ないようにするのに必死だった。

「会うのは高校卒業して以来なの？」

「大学は別々で、わたしは同窓会も行かなかったし。確か、彼女は私立で、優秀な、お嬢様学校に」

「そこでもきっと、憚っちゃってたんだろうねえ。外見は？」

「こざっぱりとして、お洒落で、モテそう」高校時代の小久保亜季はお洒落ではあったが、頰は少しふっくらとしており、そのふくれ具合が、不満を抱える指導者のようにも見え、威圧感があったのも事実なのだが、二十代半ばを過ぎた今は、ほっそりとした顔立ちで、綺麗だった。

「まあ、抜かりない女は、モテるよ」

わたしは笑う。「佳織に先入観を与えすぎてしまったね。会ったこともないのに、嫌な人間像が出来上がっちゃって」

「わたしは単純だからねえ。ニュースの影響とかすぐに受けちゃうから。あの芸能人は女たらしだ！　とか、あの事件の犯人は父親に違いない！　とか」

「何で自慢げなの」

佳織は少し溜め息を吐いた。「いやあ、自慢というよりも、自分でもちょっと困っちゃってるんだけどね、その情報に影響受けすぎる自分が」

二人とも着替えが終わり、ロッカー室から出る。ジムを出ると、冬の兆しを含んだ風が襟元を撫で回し、過ぎていく。

「それで」と佳織が言ってきたのは地下鉄駅のホームで立ち止まった時だった。「それで、どうやって仕返ししようかねえ」

「何も無理して、仕返ししなくても」わたしは答える。

「だってさ、高校時代のことを思い出したら、腹が立ったりしないの？」

「まあ、あんまり思い出さないことにしているし」それこそ先日、佳織に話すまで、嫌な記憶はしまったままだったのだ。かさぶたの下の傷が思った以上に、癒えていないことには驚いたが、また蓋をし、忘れ去るのが一番にも感じた。

「家に帰って、旦那さんと相談したほうがいいよ」

「復讐すべきかな、って？」

「そう。旦那さん、そういうのにどう反応するタイプ？」

ううん、とわたしは考えてから、「佳織と似てるかも」と答えた。

佳織が笑う。「じゃあ、相談しないほうがいいかもなあ」

「今、出張中だし」

そうかあ、と気のない相槌を打った後で、ようするにわたしの夫のことに関心がないのだろうが、佳織はすうっと息を吸った。そして、「プレゼン落ちろ！」と乱暴な祈りとともに、拳を突き上げる。

♪


小久保亜季と再会した。

会社帰りに駅の自動改札に向かっていたところ、正面から、細身のコートを着た可愛い女性が歩いてくるなあ、と思ったら、「窪田さん」と満面の笑みで声をかけられたのだ。

彼女だと分かった瞬間、頭の中の電灯がぱりんと破裂し、思考が真っ暗になりかけたが、慌てて気持ちを引き締める。いうなれば、非常用電源で、無理やり平静を取り戻したようなものだ。

「お帰りですか?」と言われ、「あ、はい」と答える。はきはきとした口調でいくつか話しかけられ、わたしも返事をしたが、いったい何を喋っているのか把握できない。

高校時代に同級生たちの中心に立ち、みなに指示を出すような振る舞い方をしていた彼女の印象しかなかったため、社会人らしく丁寧な好感の持てる様子で、仰々しくもなければ、馴れ馴れしくもない、といった口ぶりに、少し驚いた。人はやはり成長し、変わるものなのか。

ふわふわとした気持ちで挨拶をし、小久保亜季と別れた。何とか乗り切ったと一息ついたところで、「窪田さん」と背後から声をかけられ、「ひい」と悲鳴を上げかけてしまう。

「驚かせてごめんなさい」小久保亜季が手で口を覆う恰好で、立っている。

あ、いえ、ごめんなさい、こちらこそ、とわたしはおどおどと答えた。

「窪田さん、今から少し時間ありませんか?」

「え」

「あのこれから、わたし、合コンなんですけれど、来ませんか？　というより、来てくれませんか？」

いったいどういう申し出なのか、とわたしは理解できず、意味不明の短い相槌を千切っては放る。え。それは。どうして。あ、はい。ええ。

ようは、合コンの面子《メンツ》が一人足りなくなり、それは男性陣五人、女性陣五人の集まりだったのが五対四になった形で、それで特に大きな問題が発生するわけではないのだが、できれば同じ人数がいたほうが助かる、「わたしが今回、幹事だったんですけど、ちゃんと五人揃えられるから、と確約しちゃっていたので」ということだった。

「でも、当日にメンバーに急用ができることもあるんだから」別に幹事の落ち度ではないのだし、誰も責めたりはしないはずだ。

彼女も重々承知しているようだったが、「でも、来てもらえたら嬉しいです」と拝む恰好になった。「だって、窪田さんみたいな人が来たら、男性陣も喜ぶはずなんで」

「え」

「清潔感あるし、穏やかそうだし」

「あの、わたし結婚してるんです」慌てて指輪を前面に出した。

「大丈夫、別に合コンといってもそういうんじゃないですから。飲み会です。既婚者でも」

それならなおさら人数構成にこだわる必要もなく、さらには、男性陣が喜ぶ喜ばないといった話もどうでも良いではないか。いくつかの疑問が湧いたが、こちらの崖《がけ》からあちらの崖に、その谷間に目を瞑《つぶ》り、覚悟を決めて跳躍し、飛び移る思いで参加を決意した。

なぜか。

知りたかったのだ。彼女が今も、あの頃と変わっていないのかどうか。いや、社会に出て、会社員としての立場を背負い、上下関係や仕事の大変さを味わう中で、おそらく自分の傲慢さ、身勝手さを察し、変化しているのだろう。それを確認したい。そうすれば、自分の傷も癒えるのではないか。そのためには、今の彼女のことをもっとよく知りたい、とそう思った。

本当にそれだけか？

頭の内側で響いたその声は、はじめのうち、佳織が面白半分に唆《そそのか》してくるかのような声だったが、やがて、自分の発したものだと分かった。今とは異なる、高校時代の、自分に自信が持てず愛想笑いばかりが板についていた頃の声だ。

やっぱり復讐したいんじゃないの？　復讐とはいかぬまでも、一言物申したいのではないのか？

完全に否定はできなかった。

小久保亜季に連れられ、一緒にレストランに向かいながら、「彼女が、昔と変わらないままであればいいな」とうっすら感じてもいた。もしそうであるならば、遠慮なく、あの頃の仕返しをしてあげられるからだ。

「いろいろ指摘したいところはあるんだけれど」わたしがその話をした時、それは合コンの翌日、会社の昼休みだったのだけれど、佳織はにやにや笑いながら言った。「まずさ、その小久保さんに、自分の正体がばれるとは思わなかったわけ？　高校の同級生、高木結衣である、と」

わたしはカバンを膝元に置き、中から、アルバムを取り出す。「そう言われると予想したため、持ってきました」と高校の卒業アルバムを開く。自慢できるものではない。「ほら、これがその頃のわたし」

どれどれ、と覗き込む佳織は溢れ出る好奇心を隠そうともせず、セクハラを働く中年上司じみた雰囲気すら漂わせていた。「ああ、これ？　確かにまあ、雰囲気は違うね」

真ん丸い顔をし、厚くて硬い黒髪を無理やり一つにまとめたわたしの写真は、撮影の緊張からくる表情の強張りや、今とのギャップも含め、思わず笑ってしまう要素を含んでいたはずだが、佳織は笑わなかった。日頃から、無神経で無頓着な態度が多いが、相手を傷つける可能性がある場合には決して、馬鹿にした言動は見せない。

「しかも、地元は東京じゃないからね。さすがに、まさか同級生の高木さん？　とはぴんと来ないと思うんだよ。その点、彼女はほら、面影はあるでしょ」

わたしは同じページ内にいる、小久保亜季の写真を指差す。うんうん、と佳織がうなずいたところでわたしは大事なことに思い至る。「そういえば、面影も何も、佳織は、今の彼女にも会ったことないんだよね」

「でも分かるよ。もうね、憎まれっ子なあれが滲み出ている」

「あれ、って何」

「アトモスフィア」

わたしは苦笑する。

「それで、じゃあ、合コンに結衣を誘ったのは本当に、人数合わせだったってこと？」

わたしは煮え切らない返事をする。実際に分からなかったからだ。「出席者にキャンセルが出たのは本当だと思うんだけれど、行ってみたら誰も、人数のことは気にしていなかったし、わざわざわたしが補充される必要もなかったように思えて。ただ、もしかすると彼女は、わたしと親しくなるために参加させたかったのかも」

「親しく？　友達になりたいってこと？」佳織は言ってから、察したらしく、「ああ、違うよね。プレゼンで勝つための戦略として？」と言った。

「うん、そう。もしかしたら」

「でも、結衣から搦《から》め捕ろうにも、何の権限もない、一社員だけれどね」

「そうなの」わたしは申し訳ない思いで、顔をしかめる。「それは彼女も分かっているんじゃないかな。ただ、何かしないと不安というか、できることは全部やるつもりなのかも。今回の仕事、取りたいんじゃないかな。だから、相手の会社の、この弱そうな女性社員を手玉に取ろうとしたのかも」

「合コンではどうだったの。その子は、人間として成長していた？」

わたしが返事に窮していると、佳織は、「何とも言えない感じ？」と鋭く言った。

♪

合コンに突然やってきた、ピンチヒッターのわたしを、他の出席者たちは好意的に迎えてくれた。女性たちは、小久保亜季とその同期二人、もう一人はフリーの若いデザイナーだった。小久保亜季が、「窪田さんは化粧品メーカーの」とわたしを紹介すると、女性陣が、「使ってますよ」と言ってくれたのも、半分は社交辞令や決まり文句だったとしても嬉しかった。男性側はテレビ局の営業部や広告部の若手、それからその知人のネットサービス系の、とにかく、「国際的な有名企業」の社員とのことで、揃えたわけではないだろうが、全員が黒縁の眼鏡をかけており、そのことを女性陣が面白おかしく囃《はや》すと、彼らは、「じゃあ、視力の良い順に並び直しますす」と席替えを行い、視力の差が小数点第二位の細かい争いになったこともあり可笑しかった。

話題はお互いの仕事のことや、職場で起きた出来事や、視聴率の高いテレビドラマのことなど、深くもなければ浅くもなく、悪口もなければ媚《こ》び諂《へつら》いもない、気楽なものが多く、わたしは、自分がそれなりに楽しんでいることにはっとし、出張中の夫に申し訳なさを覚えるほどだった。

「いわゆるアーティストに比べて、広告クリエイターって本当に大変だと思うんです」小久保亜季が言ったのは、一時間ほど経った頃だった。

「どういうこと」

「たとえば、テレビコマーシャルとか、目新しくて面白いものが流れると、次はもう同じ路線は使えないじゃないですか。二番煎《せん》じというか、『あ、その手はもう前に使われていたよね』と思われるだけで、おしまいですよね。ミュージシャンとか作家とかなら、もちろん毎回、新作を考えないといけないですけど、根本的な部分は同じでも、それが個性になるでしょ。基本的な部分が変わらないからこそ、味わいがあって。でも、広告はそうはいかないんですよね。毎回、違うものを発明しないといけないから、一回、新鮮なものを作れたからと言って、次も作れるとは限らないですし」

わたしを含め、みながうなずいた。確かにその通りだ、と感じた。作家やミュージシャンは、地下から石油を掘り出したら、あとはそこを掘り進めていくことができる。それに比べて、広告業界の作品は、常に新しい油田を見つけなくてはならない。

「しかも、広告って、今その時に、受け入れられないといけないですよね。絵画とかみたいに、十年後に認められても意味がないですし、そういう意味では、結果がすぐに求められるし、かなり大変な作品作りですよね」わたしは咄嗟にそう言っていたが、すると隣の小久保亜季が、「うんうん、そうなんですよ、窪田さん」と握手を求めんばかりに喜んだ声で言ってくるので、わたしはどぎまぎとしてしまう。

高校時代には、このように、彼女が自分の意見に同意し、認めてくれることは一度もなかった。いつだって、上の立場から批評されているだけだった。

わたしはその時までは、彼女もずいぶん変わった、高校時代のあの、すべてをコントロールしなくては気が済まないような振る舞いは反省し、成長したのだな、やはり人は細胞の入れ替わりと人との付き合いにより、変化するのだなあ、と感慨深い思いを抱いた。かさぶたを剝がす勇気が湧いてくるほどだ。

「いやあ、根っこの部分は変わらないと思うよ」そして今、ランチの席で、佳織が、諦観に満ちた指摘を口にする。

「でも成長しているように見えたんだけれどね」

話を先に進める。

レストランにおける合コンがスタートし、一時間ほど経ったところで、わたしはトイレに立った。用を足し、手を洗い、鏡のところでメイクの具合を確かめていたところ、ドアが開き、小久保亜季が現われた。一瞬、はっとした顔になった後で、微笑んできたが、その笑みにうっすらと暗い光が宿っている。こちらに対する侮《あなど》りだ。彼女に従うほかなかった十代の頃の自分が、わたしの中から表に出てくる恐怖に襲われた。

「見透かされたんだろうね、きっと」佳織は鋭い。「既婚者で、合コンに興味がないとか言ってたのに、メイクとか気にしちゃって、その気になっているんじゃないの、とか」

「確かにそう思われちゃったのかも。でも、その気になるも何も、普通、鏡があったらメイクを気にすることってあるでしょ？」

「他人の弱味を見つけると強いからね、そういう人間は。で、どうなったの」

「『窪田さん、今日のメンバーで誰か、好みの男性いますか？』って冗談半分で、訊ねてきてね」

「浮気のあっせん？」

「まあ、わたしをからかっただけなんだろうね」

トイレでさらに、小久保亜季は言った。「向かって左側にいた、窪田さんの向かいにいた眼鏡の人がいるでしょ」

「みんな眼鏡だったけれど」

「ああ、そうだよね。向かいに座っていた寺内《てらうち》さん、さっき、窪田さんが席を立った後で、窪田さんがどういう人なのかすごく気にしてましたよ」と手で水をばしゃばしゃ弾きながら、言った。ちらちら、わたしの反応を鏡越しに窺ってくる。

さすがにわたしも高校生の頃とは違い、いや、高校時代の経験があるからこその警戒心が発動したおかげかもしれぬが、気を引き締めた。「駄目ですよ、旦那に盗み聞きされているかもしれないので」と指を唇の前で立ててみせた。

「窪田さん、真面目なんですねえ」ばしゃばしゃ、ちらちら、としながら言ってくる。

「真面目だけが取り柄でやってきたんですよね。でも、今日の飲み会、思ったより楽しいです」

「旦那さんに盗聴されていますよ」彼女が笑う。「そういえば、窪田さん、どこ出身なんですか」

「え」その瞬間、背骨がびりっと震え、内臓が引き締まる緊張が走った。

「寺内さんが言ってたんですよ。窪田さん、どこの出身なのかな、って」

寺内さんを口実に使い、わたしの正体を探っているのではないか。当然、疑いたくなったが、彼女の様子を見るとそうでもないのか、「やっぱり、ほら、窪田さんのこと気になっているんですよ」と突くようにしてくる。

「わたしはもう、そういうのは」

「窪田さんの旦那さんってどういう人なんですか」

「わたしのことより、小久保さんは今日のメンバーで、誰か目当ての男性とかいないんですか」と答えるのがやっとだったが、目当ての男性、なる言い方が軽薄で、浮ついているようにも思え、自分で口にしたにもかかわらず赤面する。

小久保亜季は急に真面目な面持ちになり、わたしをじっと見た。機嫌を損ねたのだろうか、と気になる。思えば、高校時代がこうだった。常に、中心人物であるところの彼女の機嫌を窺い、不愉快にさせぬように、言動に気をつけていた。「ちょっと何でわたしがそんなこと答えないといけないの」などと不満たっぷりに返された日には、教室の床が落ち、ああもうおしまいだ踏み外した、と体温が蒸発する感覚に襲われた。

「わたしは、右から二番目の辻井《つじい》さんが気になっているんですよ。ほら、あの有名な」とアメリカ本社のネットサービスの名前を口にした。「あそこの幹部らしくて。あんなに若いのに。アメリカとこっちを行ったり来たりで。前に一度、仕事で会ったことがあるんですけど、ここだけの話、今日も、辻井さんありきの合コンですから、わたしにとって」

小久保亜季が怒るでもなく、ごく普通に返事をしてきたことに安堵した。自分の正体がばれた気配はなかった。

「なるほど、彼女も成長していたわけだね」佳織は残念そうに言う。「でもまあ、結衣と親しくなるためかもしれないね。恋愛話を打ち明けるなんて、手っ取り早く、距離が近づくし」

「それはありえるんだよね」

「で、どうなったわけ？　彼女はボロを出さなかった？　尻尾《しっぽ》を」

「実は、その後」

　合コンとはいえ、それは大人の食事会に近い落ち着きぶりを伴っていたのだが、終盤に近づき、両者が打ち解け合ってくるとざっくばらんな会話が沸くようにもなった。

　トイレで小久保亜季から聞かされた、「向かい側に座る、寺内さんが、窪田さんのことを云々かんぬん」の呪文が頭から離れず、それに幻惑されてはならぬと分かっているにもかかわらず、意識し、前にいる寺内さんをまっすぐに見ることができず、それが少し、小久保亜季の術中にはまっているかのようで悔しかった。

　しばらくして、わたしの隣にいたフリーのデザイナーが突然の仕事の電話で席を立った。話はちょうど、好きな音楽のことになっており、小久保亜季の前にいる辻井さんが、あるミュージシャンの名前を出し、そのライブに今度行く予定なのだと話をした。

「あ、いいですね。わたしも好きなんですよ」小久保亜季はごく自然に、けれど仄《ほの》かな自己主張を滲ませ、相槌を打った。その辻井なる男が気になる、と言っていたのはどうやら嘘ではないのか、観察しているとその前から、辻井さんにそれとなく質問をいくつもぶつけていた。どのあたりに住んでいるんですか？　一人暮らしなんですか？　外食はよくするんですか？　そのネクタイいいですね、どこのブランドなのですか。もちろん、一人に質問していればその特別扱いはあからさまであるから、全員に平等に訊ねていたが、辻井さん以外の男性の返事にはほとんど、表層的な相槌を打つだけだった。

「それで？」昼食よりも、わたしの報告に興味津々の佳織は、いやそれでも唐揚げを入れた口をもぐもぐさせながら、訊いた。わたしの卒業アルバムを、スポーツ新聞のように眺めてもいる。

「その辻井さんがね、どうも、わたしの隣に座っていたデザイナーの子に気があるのか、何となく、その子をライブに誘いたいような雰囲気を見せたのね。そうしたら、小久保さんが言ったわけ。『彼女、彼氏いるので怒られちゃいますよ』って。当の、デザイナーの子は電話のためにその場にいなかったから」

「ほう」唐揚げの次は、卵焼きを頬張っている。「それでそれで」

「辻井さんは特に落胆していなかったんだけれど、その後の流れで、結局、小久保さんとライブを観に行く約束を交わして」

「ほうほう」

「梟《ふくろう》みたいな」わたしはその相槌に笑う。

問題が起きたのは、いや、わたしが問題だ！　と認識することになったのは、その後だった。

出張中の夫から電話がかかってきて、慌てて店の入り口付近に移動した。夫からの用件は、出張の日程が変わり、少し帰る日が遅くなるという内容だった。「今、どこ？」と言われ嘘をつくつもりもなかったため、正直に事情を話した。高校の同級生と再会した上に、合コンに同行することになった経緯に、「何とまあ」と夫は驚いていたが、「無理しないように」と穏やかに言った。「もちろん」と答え、テーブルに戻ろうとしたのだが、そこでデザイナーの子と一緒になった。

「旦那さんと電話ですか？　羨ましいです」と彼女が微笑む。そこで、あなたも恋人がいるんですってね、わたしたちは似たような立場ですね、と言いかけたのだが、彼女が続けた言葉に、え、と声が飛び出しかける。「わたしなんて彼氏に別れ話を持ちかけられて、しかも、ほとんど倦怠《けんたい》期というか、熟年離婚みたいな、もともと駄目になっていたんですけれど。それを知って、小久保さんが今日も、合コンに誘ってくれたくらいで」

今、昼食中の佳織は瞳を輝かせる。「なるほどね、じゃあ、小久保ちゃんは、わざと偽情報を流したわけだ。恋人と別れるのを知っていながら、それを言わずに。その、誰だっけ、辻井さん？　辻井さんがデザイナーの子と親しくなるのが悔しくて」

「やっぱりそうなるよね」

「そうなるに決まってるでございます」

わたしは高校時代のことを思い返さずにいられなかった。

クラスにいた野球部の男子が、イギリスのロックバンドが好きで、その来日ライブのチケットを手に入れた。東京のそのライブに一緒に行くのは三人で、一人は彼の姉だったのだが、もう一人、参加予定だったハンドボール部のキャプテンが、突如、風邪をひき、「誰か、代打で行ってくれないか」という話になった。らしい。同じクラスにいながらも、わたしはクラスの一員としてはもっとも影が薄く、噂話はもちろん、公式情報も、最後に回ってくるようなポジションにいたため、それらは後で知った出来事だった。とにかく、そのライブの同行者に、小久保亜季が決まった。

「その野球部の男子は、人気があったわけ？」佳織が言う。

「まあ、そうなんだろうね」

「何で顔を赤くしてるの。ああ、結衣も好きだったわけだ」

「そういうんじゃなくて」わたしは言葉を濁す。「でもまあ、あれも彼女が、横取りしようとしたみたいで」

「横取り！」

「ほかに、そのバンドが好きな女子はいたわけ。で、野球部の彼が、その子を誘おうと思ったら、彼女が事前に偽情報を」

あの子、家が厳しくて東京になんて遊びに行けないらしいよ。それより、わたしもそのバンド興味あるから、行ってみたかったの。

「他社製品をそれとなく批判しながら、自社製品を売り込むわけね。弊社のこの新商品であれば、メイク落としにかかる時間が大幅に短くなります、とか」

「そんな感じ」

「で、小久保ちゃんは、東京にライブへ行くことで、坊主の野球部君とぐっと距離を近づけたのでした。めでたしめでたし？」

「とはならなかったみたい」

「あ、そうなの」

「ハンドボール部のキャプテンが執念により、風邪ウィルスを撃退して」

「なるほど、ライブに行けるようになったわけだね。正義は勝つ！」

「バンドのライブに行くことを正義と呼ぶならば。でもね、とにかく昨日の彼女はその時と同じことをやっていたんだよね。合コンで。誰かと誰かが親しくなれるかもしれないきっかけを、それとなく妨害して、自分が割って入って」

「素晴らしいね。感心します。で、どうなったわけ、合コンは」

「特に何事もなく、終了しました」

「復讐もせず」

「せず」

「次回に持ち越しかあ」と勝手に決めつける佳織にわたしは、「持ち越さない」と言い返した。


♪

プレゼンの日を一週間後に控え、その準備がなかなか終わらず、はっと顔を上げるとすでにフロアはがらんとしており、天井の電気もほかの部署のところはみな、消えている。残っているのは山田さんだけだった。まわりの同僚たちが帰る際、わたしは挨拶をちゃんとしたのかな、とそのようなことが気になる自分が嫌だった。

自然と、山田さんと一緒に会社を後にすることになり、もちろん自然と、プレゼンの話になった。わたしはこういった大きな新商品について関わるのは初めてであったから心配だらけだ、と正直に打ち明けた。

「前も言ったけれど、わたしたちはプレゼンしてもらう側なんだからね。嫌な言い方だけれど、あちこちから求婚される姫のような」言いながらも山田さんは苦笑いをしている。冗談ではあるものの、さすがに傲慢な表現だと思ったのだろう。

わたしは、求婚される姫のイメージがうまく湧かず、頭に浮かぶがままに、「『苦しゅうない、近う寄れ』って感じですかね」と言ってしまう。

「それは、姫というより殿様っぽいよね」山田さんが声を立てる。「でもね、広告会社の中には、うちの宣伝担当の役員、田中さんに近づいて、情報を得ようとしている人もいるみたいだしね、みんな一生懸命なのは事実だよね」

「え、どういうことですか」

「あそこの営業の子で」山田さんが言ったのは、小久保亜季の会社とは別の、広告会社だった。「田中さんがプレゼンの時のキーマンだと睨んだのか、打ちっぱなしのゴルフ場でたまたま会ったかのようなふりをしてね、若い営業の女の子が。そこで打ち解けて、親しくなるうちに、それとなく、プレゼンに反映できそうな情報を手に入れようという作戦なんだろうけど」

「どういう情報ですかね」

「田中さんの好きな女性のタイプとか」

わたしはもちろん冗談だと思ったから噴き出したのだが、どうやらあながち冗談でもないらしく、「意外に大事なんだよ。お偉いさんの好きなアイドルを出す、みたいなあからさまなことじゃなくても、たとえばやっぱり、好みとは違う女性を広告イメージに使うとなれば、どこかマイナスの感情を抱いちゃうかもしれないし。他社との評価が僅差なら、そこで差が出るかもしれないでしょ。麺類が好きな人に、丼物を出しても仕方がないし」と山田さんが説明してくれる。

わたしは、先日、小久保亜季に連れて行かれた合コンのことを考えてしまう。あれはやはり、クライアントと親しくなるための作戦の一つだったのだろうか。

就業時間が過ぎると裏口から出なくてはならないため、エレベーターではなく階段を使ったほうが、早い。二人で並びながら靴音を響かせて、下っていく。

「山田さんは、どこの案が面白そうだと思いますか」

プレゼン前に、一度、それぞれのコンセプトについては提出してもらっており、それをもとに一度、各広告会社と打ち合わせをすることになっていた。

「わたしはほら、やっぱり、照川さん、さすがだと思ったけれど」

やっぱりそうですよね、とわたしもうなずく。うなずきながら、小久保亜季の姿を思い出さずにはいられない。胸の裏側が引っかかれる。

照川さんの出してきたコンセプトイメージは、四十代の女性に向け、「大人」の余裕を出しつつ、若さを保とうとする必死さを、「可愛いもの」として定義しようとしており、おかしみがあった。

ただそこで、大雑把なラフコピーとして挙がっていたものが、「年齢を重ねても人は変わらない。経験を重ねるからこそ人は変わる」といった内容で、わたしは何とも、複雑な気持ちになった。

あの小久保亜季は高校時代から変わったのだろうかどうか、昔のままなのかどうか、そして、わたしはどちらを望んでいるのかどうか。

「プレゼンの本番の時にさ、結衣が叫んだらどう？　いきなり立ち上がって、『憎まれっ子、世に憚る！』とか言っちゃうの。泣きながら、高校時代の恨みを滔々《とうとう》と述べてさ」

翌日、職場近くにできたばかりの、北京ダックバーで向き合った佳織は、相変わらず、無責任に煽《あお》るようなことを言う。

「それはさすがに無理、というか、わたし自身へのダメージも大きすぎるから」

北京ダックのぱりぱりの皮に、お好みのソースをつけ、食べていく。小麦粉で作られた薄皮で、薬味と一緒に巻くのが楽しい。

「ようするに、今後も憚っていくわけですねえ」佳織が世の不条理を歌にするかのような、詠嘆口調で口にした。

「あ」と声がしたのは、その直後だった。わたしたちのテーブルは店の出入り口近くだったが、ちょうど入ってきたばかりの男女がいたのだ。顔が引き攣らないようにこらえる。精一杯、動揺を押し隠し、「小久保さん」と応じた。

彼女の隣にいるのは、先日、合コンで一緒にいた辻井さんだった。「今、ライブを観てきたところで」と言う。高級そうな背広を着て、爽《さわ》やかに挨拶をしてくる。

佳織を見れば、すでに、全部了解、とでもいうような、意地悪な喜びを浮かべた顔つきのまま、「あ、わたしは彼女の同期です」と挨拶をした。「次のプレゼンに参加されるんですね。彼女から、小久保さんって素敵な人がいる、って聞いていたので」

そういった当てこすりについては、小久保亜季の専売特許といえるから、さすがにばれたかと、わたしは焦るが、彼女は、辻井さんの前で良い評判が出たことに気を良くしたのか、「ぜひ、プレゼン、窪田さんの力で弊社に」と冗談めかした。

「うちの窪田、こう見えて、影の実力者ですからね」佳織が言う。

わたしは、綱渡りの心境だった。もちろん、綱渡りをやったことはないのだが、会話をミスすれば一気に、大きな穴に落ちてしまうかのような緊張感で、早くこの場から解放されたかった。しかもそこで辻井さんが、「良かったら、奥でみんなで食べませんか」というものだから、「綱を長くしないで！」と叫びたくなった。

「いえ、せっかく二人なんですし」わたしは遠慮した。小久保亜季も一瞬、そのわたしの発言に同意しかけたのだが、おそらくは、「ここで、クライアントとさらに親しくなったほうがいいかも」という損得計算が働いたのだろうか、「せっかくだから、みんなで食べましょう。北京ダックバー、わたし、ずっと来たかったんです」と強引に、奥の四人テーブルへと歩いて行った。

佳織がわたしの脇をこっそり、突く。「ついに来たね。積年の恨みを晴らそう」と、まるで自分が当事者であるかのような勇ましさで、言った。

四人で喋っている間、わたしはとにかく、どうにかこの場から早く立ち去りたい、とそればかりを考えていた。無愛想にしていては雰囲気が悪くなるだろうし、かといって、会話が盛り上がれば、うっかり、自分の正体がばれるようなことを口にしてしまうかもしれない。それとなく話を合わせながら、帰るタイミングを見計らった。

が、佳織がとにかく、しつこかった。話し上手で、話題も豊富であるのだが、辻井さんと小久保亜季を笑わせながら、話を途切れさせない。ちらちらと合図を送るわたしの視線に勘づきながらも、「もう少し」と目で答えてくる。

「小久保さんって、子供の頃からみんなの中心にいたんじゃないですか？」やがて、佳織はそこまで、踏み込んだ。

さすがにそれは危険であるし、わたしのつらかった高校時代を野次馬意識で弄《もてあそ》ばれているような不快感も過ぎったが、佳織は佳織で、わたしの過去を救済しようと、頑張ってくれているのだろう、と思った。とはいえ、彼女が目を輝かせているのを見れば、やはり、単に面白がっているだけかもしれない。

小久保亜季が何と答えるのか、わたしにも関心はあった。平静を装い、そっと彼女を窺う。

「中心ってわけじゃないけれど、友達は多かったですよ」小久保亜季は笑顔を湛《たた》えていたが、どこかむきになった言い方だった。

「きっとモテたんだろうね」辻井さんがからかうように言うと、頬を少し赤らめた。男性との駆け引きによる芝居であるのかどうか、判断はつかない。

それから今度はそれぞれが、高校時代や大学時代の話をしはじめた。わたしは、「太っていたので、暗い十代でした」と笑った。それから、それとなく小久保亜季の反応を息を詰め、観察している自分がいることに気づく。今のわたしの背後には、高木結衣が立ち、小久保亜季を評価しようとしている。

それは、小久保亜季がトイレへ行くため、テーブルを離れた時に訪れた。

三人だけになったところで、辻井さんが、「彼女のこと、どう思う?」と訊ねてきたのだ。

「どういう意味ですか」佳織が少し前のめりになる。「彼女の本性が気になる、とか」

「本性というほど大袈裟なことじゃなくて」辻井さんが目を細めた。「できたら彼女ともっと親しくなりたいんだけれど、僕はあまり見る目がなくて」

一流企業に勤め、あちらこちらの国で仕事をするエリートに見える辻井さんが、男子高校生のように恥ずかしそうに言うのは、微笑ましかった。佳織も少し驚いたような顔で、彼を見つめ、少ししてから、「ああ、うちの窪田、小久保さんのことは詳しいので」と手をさっとわたしに向けた。

軽い口調ではあったものの、佳織の顔はその時ばかりは真剣だった。

絶好のところにボールが転がり、あとはおまえがシュートを決めるだけだ! と言われる緊張を覚える。

試されていた時間だった、と後になって思う。

そこで、「実は彼女、良くない噂があって」と仄めかしたり、もしくは、「意中の男性が社内にいるそうですよ」と嘘をついたりすれば、小久保亜季に何らかの打撃は与えられる。

もっと思い切って、彼女の高校時代の振る舞いについて話してみることもできた。

そうすべきだ！　と内なる自分が背中を押してくる。

頭の中で、いくつもの思いが交錯した。それは言葉であったり、過去の記憶の一場面であったり、した。舞台の上で、まわりのみなが違う曲で踊るのに驚きながらも、必死にそれに合わせようと、もちろん合うわけがないのだが、精一杯、体を動かす高校生のわたしがいる。みじめにも見え、健気《けなげ》にも見えた。途端に、小久保亜季を許せない、という感情がわたしの内面を塗り潰すが、一方で、あの時のわたしを否定してはいけない、という思いもあった。わたしは、あの時の、仲間たちに迷惑をかけぬように、しがみつく気持ちで踊ったわたしのことが、好きだ。それは間違いない。友達になりたい、とすら思った。

「小久保さんとはそれほど親しくはないんですけど」わたしは意識するよりも先に言った。「でも、辻井さんのことは気になっているみたいですよ」

さぞや佳織は、落胆した顔をし、それ以上に怒っているに違いない、と思ったが、ふと見れば、穏やかに笑みを浮かべていた。

「お待たせしました」と小久保亜季が戻ってきたところで、わたしと佳織は帰ることにした。

♪


地下鉄の駅に向かう間、佳織ははじめは何も言わなかったが、黙っているのも気まずいと考えたのか、「せっかくの復讐のチャンスを！」とからかってきた。

「でもまあ、やっぱり、できないものだね」

「それは罪悪感のせい？」

「そうじゃなくて、向いてないんだろうね」わたしは認める。「あそこで、やり返せるのも才能なのかも」

「才能なのかねえ。まあ、あそこで、二人の恋を後押ししちゃうところが結衣の良さなんだろうけどね。優等生というか、いい子ちゃんというか」

「優等生もいい子ちゃんも、褒め言葉じゃないからねえ」とわたしはのんびり答えた。

後ろから足音が近寄ってきて、「あの」と呼び止められたのは、地下鉄の階段が見えたあたりだった。

振り返れば知らない女性が立っていた。二十代前半だろうか、目鼻立ちがはっきりしているが、化粧のせいか少し地味な顔つきだった。「あの、すみません」と申し訳なさそうに話しかけてくる。「さっきあの店にいましたよね」

どうやら、追いかけてきたらしく、少し息が切れている。

わたしと佳織は顔を見合わせる。

「さっき一緒にいた男の人、もしかするとわたしの知ってる人かと思って」

「さっき？　辻井さんのこと？」

「え、辻井さんですか。津川《つがわ》さんかと」彼女が少し戸惑いを浮かべた。「名前違いますね。それなら、別人かもしれないんですけど、ただ、似ていたので」

「辻井さんと、津川さんが」

「そうです。あの人、わたしと会った時、ずっと独身だと言っていたんです。というか、独身とは言わないんですけど、既婚者だとも言わなくて」

「あら、それはちょっと困るね」

「付き合っている時も少し変で、それで既婚者だと分かって。だから、わたしのほうから別れることにしたんです。ただ、ほかにもいっぱい、付き合ってる人がいるみたいで」目の前の彼女が、どうやら正義感から、わたしたちに教えてくれているのだと、だんだん分かりはじめた。

これ以上、被害者を増やしたくない、という思いなのだろう。

「でも、苗字、違うなら別人かもしれませんね。わたしが会ったのも、関西にいた時だったので」

頭をぺこぺこと下げ、その女性が立ち去った後、佳織が、「さて」と声を弾ませた。「さて、どうなんでしょうね」

「どうなんでしょうね？」

「もし辻井さんが、その偽の津川さんだったとしたら、小久保さんも騙《だま》されちゃうかもね」

「あ、そうだね」咄嗟に引き返そうとしていたが、佳織に止められる。「何しに行くわけ」

「だって、辻井さんはまずいかも」

「そんなの分からないでしょ。津川さんとは別人の可能性もあるわけだし、それに、結衣がわざわざ言うことじゃないでしょ。そんなの」

「そうかなあ」

「小久保さんくらいの人物ならね、最初に確認しますよ。『独身ですか?』とかね」

「あっちのほうが一枚上手かも」

「それならそれで、彼女の問題なんだし、結衣が関係することないでしょ」

「そういうものかなあ」

「まあ、これも一つの復讐だよ。これで勘弁してやろうよ」佳織は気軽なものだった。

その日、家に帰ると出張から夫が戻ってきていた。

わたしは彼がいなかった間の、その新製品のプロモーションや広告会社のこと、小久保亜季と再会したこと、それからその日の北京ダックバーでのことまでを話した。

彼は、それなりに驚きつつも、どちらかといえば佳織と似たように、仕返しを奨励するかのような反応を示し、彼がそう思うには実はそう思うだけの理由もあるのだが、それはさておき、最終的には、「まあ、結衣も大変だったなあ」と労ってくれた。

「すべてがうまくいかれるのは、こっちも腹立たしいからさ」夫は言った。「どっちかは失敗してほしいよな」

「どっちかってどういうこと」何と何の話なのか。

「ほら、その辻井って男と彼女がうまくいくんであれば、プレゼンは落ちる、とか」

「辻井さんが既婚者で、彼女が騙されるとすれば」

「プレゼンは通る、とかさ」

「一勝一敗みたいな感じで？」

「それくらいにはなってほしいね」

果たして、どちらの一勝一敗が良いことなのか、しかも誰にとって良いことなのか、わたしには判断がつかない。

「まあ、どっちかのパターンにはなれば、許してあげようよ」夫は言う。

人の不幸を望んではいけない、とわたしはたしなめる。

実は驚くべきことに、そのどちらかのパターンが現実のものとなるのだが、もちろんその時のわたしたちは知らない。

ナハトムジーク

現在

――美奈子――

観覧席に座り、スタジオの中央で大きな体を必死にすぼめている夫、小野学を眺めている。スタジオ全体は暗いがそのリビングを模したセットには照明が当てられ、暗い実験室の中に忽然《こつぜん》と部屋が出現したかのようだ。何台かのカメラがそれを取り囲んでいる。

「小野さんの歴史を簡単に振り返らせてもらいますと」進行役の若い男が言った。漫才師で、まだ若いにもかかわらず、堂々としたものだ。美奈子の息子の小学校でも有名らしく、息子は、学校の授業があるため収録現場に来られないことをひどく残念がっていた。

「みなさん、ご存知の通り、小野さんは偉大なボクサー、日本で初めてのヘビー級の世界チャンピオンだったわけですけれど」

夫が顔を歪め、居心地悪そうにしているのが分かり、美奈子は笑みを洩らす。目立つのが苦手な彼は、もちろん一八五センチの巨体であれば、否が応でも目立つに決まっているのだが、それでも過度に持ち上げられると、いつも罪でも犯したかのような顔つきになる。

小野のジムに通うボクサーたちが、このテレビ番組を観ながら、「まったくうちの会長はいつだって、おどおどしている」と笑っているのが目に浮かぶ。

「俺くらいハンサムな顔をしていると、謙虚になるのは難しい」

ヘビー級ボクサーのモハメッド・アリが冗談交じりにインタビューで答えている映像を美奈子は観たことがあった。

「そこまで言え、とは思わないけれど少しは面白いこと言わないと、盛り上がらないんだから」

もともと美奈子と小野を引き合わせた義姉、板橋香澄はそう言っていた。

「でもまあ、そういうところが彼のいいところですから」と答えると、「のろけって、気持ち悪いからやめて」と板橋香澄は鳥肌を掻くかのような仕草をした。

板橋香澄は勇み肌で、いつもあっけらかんとしており、美奈子は漠然と、親に愛情を注がれてきた姉弟なのだろうと思っていたが、違った。

彼らの両親はずっと以前から不在だった。板橋香澄が小学校に入った頃に離婚し、さらには母親もどこかの男と消え、残された香澄たちは親戚のうちを転々としながら暮らしていたのだという。

「まあ、あの身体だからね、苛《いじ》められなかったけれど、その反対に、友達をふっ飛ばしちゃったりして、そこを制御するのがわたしの役目で。もうあまりに面倒になっちゃったから、ボクシングジムに無理やり入れたんだけれどさ。こう見えて、苦労したんだよ」とまったく苦労の名残《なごり》を見せず、からからと笑う彼女の強さに、美奈子は感じ入った。

そのあたりの子供時代の話も、スタジオでは披露されている。板橋香澄にも出演オファーはあったらしいが、彼女は断っていた。「感動的になると、嫌でしょ。気持ち悪い」

「今から約二十年前、正確に言えば十九年前ですけれど、二十七歳の時に世界チャンピオンになりました。この時は最高の気分だったんじゃないですか？　日本中の誇りでした」司会者が言う。

スタジオの大きな画面に、その世界戦のノックアウトシーンが映し出された。

褐色の筋肉をまとった腕が重々しく振られ、当たった相手が薙《な》ぎ倒されるかのように転がる。

美奈子は、これを板橋香澄と一緒にテレビで観ていたのだ。懐かしさと同時に照れ臭さが、肚《はら》から湧き上がってくる。

「ただ、そこが罠《わな》でしたね」小野が苦しげに答えた。

その通り、あれは罠だった。と美奈子も思う。

チャンピオンになった途端、小野の周囲は激変し、取材やテレビ出演の依頼が殺到した。あっという間にトレーニングの時間は減った。小野自身にも、それは彼にしては珍しいことだったが、慢心はあったのだろう。ただ、慢心の最中に危機を覚えるのであればそれは慢心とは言えない。小野も、「日々の忙しさに揉まれているだけで、練習量は維持できている、問題ない」と思い込んでいた。近くにいた美奈子も同様だった。

ジムを営む会長も、小野と二人三脚でやってきた二十歳上の、ベテラントレーナー、松沢《まつざわ》ケリーも、初めての経験に自分たちの足元が見えていなかった。

練習不足を自覚できないまま再戦が近づき、それでも負けることは想像していなかった。一度勝った相手、という思いもあったし、敵側が調整に失敗してコンディションが悪い、という情報を耳にしていたことも影響した。

あの当時、気を引き締めたほうがいい、と指摘したのは、美奈子の高校時代の友人、織田由美の、その夫くらいだ。

十九年前

――織田由美――


「気を引き締めたほうがいいぜ」夫の織田一真が言うものだから、織田由美は噴き出さずにいられなかった。

「あのね、年がら年中、気持ちが緩みに緩んでいる人がそんなことを言っても説得力ないからね。あと、小野さんは、めちゃくちゃトレーニングしてるんだから、いつも引き締めてるに決まってるでしょ。失礼だって」と言い、美奈子にも謝る。「ごめんね。知ってると思うけど、この人、ほんと適当だから」

「適当って何だよ。確かに、おまえが言うな、という指摘については認める。分かる。ただな、間違ったことは言ってない。そうだろ。チャンピオンにとって一番の敵は」織田一真はダイニングテーブル上のリモコンを手に取り、娘が観ているテレビの音量を少し下げた。

「敵は？」小野が聞き返す。

「油断だよ。おのれ自身の慢心だ」

「偉そうに」織田由美は苦笑する。「自分はずっと慢心してるくせに」

「そりゃ、こんないい奥さんもらっちゃったら、慢心もするよね」美奈子が茶化してくる。

「そうなんだよ。おまえのせいなんだよ」

その言葉を右から左へと聞き流しながら織田由美は、キッチンから麦茶を運ぶ。

我が家に世界チャンピオンが遊びに来ていることが、現実のものとしては感じられなかった。半年前、美奈子から、「彼氏ができた」と連絡があった時には、それは良かった、とただ喜びだけがあった。「ヘビー級のボクサーなんだけれど」と説明されたが、それはたとえば、「体格がいい」であるとか、「態度が大きい」であるとか、そういった比喩《ひゆ》表現だと受け止めた。けれど彼女が、「この間、世界チャンピオンになったウィンストン小野さん、という」と続けるため、しばらく返事ができなかった。

そして今回、美奈子が小野を連れ、仙台まで観光に来た。「ついでと言ってはなんだけれど、由美にも久しぶりに会いたいし、お邪魔してもいいかな」

近所ではちょっとした騒ぎになった。マンション管理人がサインを求めたり、平日の夕方であるから学校帰りの小学生がおり、エレベーター内では、「あ、チャンピオン!」と指差されたらしい。

「みんな、失礼でごめんね」織田由美は、同じマンションの住人を代表する気持ちで肩をすぼめたが、小野は、「覚えてもらっているだけでもありがたいですよ。向こうも悪意があるわけじゃないし」と鷹揚に答えた。「ちょっと恥ずかしいだけで」

「まあ、ボクシングの中でもヘビー級はもう特別だからな、まさか日本人からチャンピオンが生まれるなんてさ。みんな、嬉しくて仕方がねえんだよ」織田一真は言った。

実際、日本中が小野チャンピオンに歓喜していた。

「でも、さっきは中学生に白い目で見られちゃったけど」美奈子が笑う。

「中学生？」織田由美は聞き返す。

ああ、あれね、といった具合に小野も苦笑いを浮かべた。

マンションに来る際、歩いてすぐに着くかと思ったところ、交差点で方角が分からなくなり、近くを通りかかった中学生に道を訊いたのだが、むすっとしたまま無視されたのだという。

「こんなに大きい人を無視できる、というのもすごいよね」美奈子が感心したような声で言うのが可笑しかった。

「最近の中学生はそういうものなのかな」織田由美は深い意図もなく、口にしていた。

「えい、えい」テレビをじっと見ていた娘の美緒が、テーブルまでやってきて、座っている小野の身体にパンチをしてくる。保育園児とはいえ大人びており、けれどさすがのチャンピオンの来訪には興奮している。一歳の息子のほうは、隣の部屋ですでに眠っていた。

小野は、娘のパンチを受けながらも、穏やかに目を細めるだけで、嫌がるそぶりを見せることもない。

人間ができてる、と賞賛すると美奈子が、「まあ、できてるかどうかは分からないけれど、いい人だよね」と表情を緩めた。

「のろけてる」織田由美は指摘した。

「まあね」「否定しない」「まあね」

「でも、格闘家にとって、いい人、というのは弱点でもあるよな」織田一真がそこで、ずかずか首を突っ込んでくる。

「偉そうに」

「しいて言えば、今の彼の一番の敵は、忙しさだよね」美奈子が言う。

「忙しさ？」

小野がうなずく。「取材が多くて」

「ああ」マスコミとは縁遠い織田由美でも、想像できる部分はあった。

「今まで追いかけてきてくれた記者さんにはもちろん、積極的に応じたいんですが、テレビ局も熱心に来てくれるので」と大きな体を縮こませるようにし、お茶を飲む。太い腕が持つカップは、ままごとの玩具に見えた。

「ちゃんと練習はできてるんですか？」織田由美は質問する。

次の防衛戦が二ヶ月後に迫っていると聞いた。

前回、世界戦で小野が倒したアメリカ人によるリベンジマッチだ。

タイトルマッチには事前に、さまざまな取り決めが契約書の中で設けられていることが多く、前回の世界戦の時には、チャンピオン側が負けた時のリスクヘッジのため、「挑戦者が勝った場合には、一年以内に再戦すること」といったオプションが交わされていた。と先日観たテレビ番組が言っていた。それに従い、再戦が実施されるのだ、と。

「練習できてはいます。テレビの取材も、こっちの練習の光景を追いかけることが多いので、その時はトレーニングしながらですし」

「いや、とはいえな、いつもの練習とまったく同じにはできないぜ」織田一真が主張する。「取材が来れば、小野っちは、いい人だから気を遣うだろうし」

「どうして急に馴れ馴れしいわけ」

「何と言っても世界戦だぜ。挑戦者はまだいい。目的がはっきりしてるだろ。向かっていくしかねえんだから。守る側は、モチベーションを保つのが難しい。油断大敵なんだよ」織田一真は煎餅を齧《かじ》り、その屑を飛ばした。「タイトルマッチを舐めるなよ」

「よくもまあ、タイトルマッチを舐めるなよ、と本物のチャンピオンに言えるよね。感心する」

織田由美は苦笑せざるを得ない。「腹が立ったら、こっそり殴っておいていいから」

「美緒、パパを守ってくれ」織田一真は、近くにいる娘に、大袈裟に助けを求めてみせた。それから、「それにしても佐藤、遅いな」と時計を見る。「チャンピオン待たせて、どうするんだよ。宮本武蔵《みやもとむさし》作戦かよ」

織田由美は、美奈子に頭を下げた。「ごめんね。無理言って。知らない人が来るの大変だと思うけど」

「いいのいいの。だって、由美の友達なんでしょ。その佐藤君って」

「うちのに比べれば、百倍まともで、ちゃんとしてるので、不愉快なことはないから」

佐藤は、大学の同級生だった。もともとは織田一真と仲が良く、夫婦共通の友人で、社会人となった後も時折、家に遊びにくる。

「佐藤は、俺に会えないと寂しいらしくて、半年くらい前に、うちのマンション近くにアパートを借りて、引っ越してきたんだ」

「違うでしょ。彼女の家がこっちのほうなんだよ」

「あいつ、本当に付き合い始めたのか。俺に断りもなく」

「あれ、奥さんに出て行かれた、という話ではなかったんでしたっけ」小野が言う。

「あ、その、佐藤君の先輩が、って話みたい。奥さんが娘さんを連れて、実家に戻っちゃって、落ち込んでいるらしくて」

織田一真が先日、家にやってきた佐藤に、世界チャンピオンがうちにやってくるのだ、とうっかり喋ってしまったことが発端だった。いつもは物事の節度を弁《わきま》えているはずの佐藤が、「それなら、サインをもらえないか」と懇願してきたため、理由を訊ねると、「妻子に出て行かれ、ひどく落胆している先輩」が、小野の世界戦勝利に大喜びしていたため、サインをもらえれば活力となるのではないか、とそう考えたのだという。それで美奈子を通じ頼んでみたところ、小野は快諾してくれた。

「いや、ありがたいですよ。自分が誰かの役に立つなんて、こっちのエネルギーになります」小野はまたしても、優等生じみた発言を口にする。

「こんなにいい人でも人を殴るんだねえ」織田由美が、美奈子にしみじみと言った。

そこで織田一真の携帯電話が着信した。「あ、佐藤だ」と耳に当てる。「おい、おまえ何やってんだよ」

――佐藤――

織田のマンションへ向かって、自転車を走らせていた。織田家にヘビー級のチャンピオンがやってくる、という事実が依然として信じられず、これは織田一真の大言壮語が行くところまで行った結果の、ただの大ぼらかもしれない、と警戒したが、織田由美が嘘を言うはずもなかった。夜にはもうチャンピオンが帰ってしまう、と聞き、佐藤は苦肉の策で、夕方から休みを取った。病院に行く、と偽《にせ》の理由を話したが課長はぎろついた目で睨み、「ダウト」と鋭く言った。「もっと面白い口実を考えろ。じゃあ、飲みに行くのは別の日だな」

課長と飲みに行く約束などなかったはずだが、当然のようにそう言ってくるのは、いつもの課長だ。

自転車の籠《かご》には、サインをもらうための色紙を入れてあった。

公園を通りかかった時に、トイレに行こうと考えたのは、うっすらと尿意を覚えていたからだが、チャンピオンを前にして、いきなりトイレに行くのは失礼ではないかと感じたためでもあった。自転車を停め、公園の端にある公衆トイレに入り、用を済ます。

コンクリートの小屋じみたトイレから出ると、ついさっき公園に来た時よりも日が陰っているように感じた。

人の気配と小さな騒ぎ声を耳にしたのは、その時だ。トイレのさらに奥側には木々が並び、見通しが悪いのだが、そこに人影が見えた。ブレザーを着た少年たちで、おそらくは中学生あたりだろうと分かる。思春期少年たちがたむろしているのだとぼんやり眺めていると、そのうちの一人が突き飛ばされ、尻餅をつくのが見え、本当に穏やかではなかったのか、と狼狽した。小型の肉食獣の群れに近づくような思いで、佐藤は恐る恐る近寄る。

君子危うきに近寄らず、の思いも過ぎったが、その場から離れてはいけないと感じた。明らかにこれは、いじめや喧嘩の現場であるから、この後でチャンピオンに会った際、「見て見ぬふりをしてきました」と言えるだろうか、いや、言えない。そして、俺は君子だろうか？　いや、違う。

ブレザーを着た少年たちのうち一人が長身で、下手をすれば佐藤よりも高いように見え、残りの三人は小柄だった。地面に尻をつき、立ち上がった少年は痩身で髪が長く、一瞬、女子生徒かと見間違うほど整った顔立ちをしている。

四対一の一のほう、立ち上がった少年は、近くにいた相手に拳を振ったが、空振りになった。ほかの者たちが囃して笑うものだから、佐藤は義憤に駆られ、「おい」と声を出していた。どうにでもなれ、の思いで大股で進むと枝を踏むことになり、それが音を立てた。地面の整体でもするような、ぽきぽきという音は小気味良く、少年たちをぎょっとさせるのには十分だった。

彼らは、大人に見つかった、という表情になる。

「おまえたち、どこの中学校だよ」と自分が中学生の頃に他校の不良に言われた台詞が、十数年の時を超え、佐藤の口から飛び出した。

「遊んでいただけです」と背の高い少年が言う。

ふざけたとぼけ方だ、と佐藤は呆れながら、「遊び？　そうなの？」と倒されたほうの少年に訊ねた。が、返事がない。彼は呼吸を荒くし、佐藤を見るだけだ。

ほかの少年たちが失笑するが、その理由がその時はまだ分からない。

そうこうしているうちに、少年たちはそこから立ち去り、佐藤は、「大丈夫？」と残った彼に声をかけるのだが、無言のままかぶりを振るだけだった。

「あいつら、何だったの？　同じ学校だろ？」

少年は佐藤を睨み、ぷいと横を向くとそのまま通り過ぎて行こうとした。

「何だよいったい」佐藤はさすがに腹が立ったがそこで、少年の横顔に血が見えた。鼻から垂れているのだと分かり、「ちょっと待って」と呼び止めた。

むっとして立ち止まる彼に、「鼻血出てるから、休んだほうがいいよ」と話す。それでも先へ行こうとするため、ポケットティッシュを取り出し、「鼻血、鼻血」と追いかけるしかなかった。いったい俺はこの少年の何なのだ、と呆れ半分だ。「ブレザー汚れるよ」

少年はようやく足を止め、自分の手で鼻を触り、出血に気づいた。ティッシュを渡し、座らせる。「少し下を向いて、鼻を押さえておけばいい」

織田一真との約束の時間が過ぎていることに気づき、慌てたのはようやくそこで、だった。佐藤は電話をかけ、状況を説明した。今近くの公園にいるからすぐに行く、と。すると織田一真は、「俺がそっちに行く」と言う。「何か面白そうじゃねえか」

面白くはないし、この少年だって戸惑うだろう。佐藤が説明した時には、電話は一方的に切られていた。

鼻血が止まった彼が、礼も挨拶もなく、のそっと帰ろうとしたちょうどそのタイミングで、織田一真が到着したのだが、その織田一真の背後に、身体の大きな、見るからに屈強な男がいることに佐藤は目を瞠《みは》ってしまう。

何者だ、と啞然とし、すぐに、ああこれが、と察した。

少年も大男の登場にはさすがに目を丸くし、その後で責めるかのような視線で佐藤を見た。なぜこんな男を連れてきたのか、と言わんばかりだ。

「この人、世界チャンピオンだよ」佐藤は上擦った声で、少年に話す。自分も初めて会ったものだから、どうしていいのか分からなかったが、とにかく両手を出し、「あ、僕、佐藤と言います」と握手を交わす。

「そいつがその苛められてた少年ってわけか」織田一真が言う。

「中学生が殴り合いをしている、というんで僕も気になって、来てみたんだけれど」チャンピオンは頭を触りながら、周囲を見渡す。

「殴り合いってほどではなかったんです」織田が少し誇張したのだな、と佐藤は想像した。「四人組のほうはもういなくなってしまいましたし」

もし、彼らがいる時にチャンピオンの小野が現われていたら、いったいどういう反応を示したのだろうか。佐藤は興味を覚える。

一方では、この大きな格闘家が、「僕」という一人称を使うことに当惑した。世界一謙虚なチャンピオン、とテレビや雑誌で呼ばれていたのを思い出す。

「おい、おまえ、いつも苛められてるのか？」織田が、少年の肩を軽く触る。

「関係ない」少年は体を揺すった。佐藤は、初めてその少年の声を耳にしたことに気づく。

「うるせえな。俺が関係あるとかないとか、そんなの関係がねえだろうが」織田一真は訳の分からない言い回しを、自信満々に口にする。「おじさんに話してごらん。別におまえを助けてやれることはないけどな」

「野次馬」少年の目は怒っている。

「そうだよ、俺はな、根性はねえけど、野次馬根性はあるんだよ」

「織田、偉そうに言えばどうにかなるってもんじゃないぞ」

それを聞いた小野が笑った。「あ」とも言った。「君はさっき」と中学生を指差している。

「知り合いですか？」

「いや、さっき道が分からなくて、訊いたんだ」

「あ、チャンピオンを無視した中学生か」織田一真は、その話を知っているらしい。手を叩いた。

「無視するなんて、感じの悪い中学生だと思ったら、本当に感じが悪かったたな」

その時、どこからか慌ただしい足音がし、制服を着た女子高生が現われた。血相を変え、少年に近づくと、「ちょっとどこ行ってたわけ。心配したでしょ」と声を荒らげる。必死に走ってきたのか、呼吸が乱れ、苦しそうでもあった。

少年は不愉快を丸出しで、けれど照れ臭さも浮かべており、佐藤はその関係について想像することができる。「君の弟？」

女子高生は、佐藤たちのことを、そしてひときわ大きな、異質な存在感を発する男に気づき、「げ」と言った。

佐藤はそこで、自分が目撃した事の次第を説明した。

「やっぱりそうだったんだ」女子高生が、少年に口を尖らせる。「あんたの同級生、絶対、何かやってくると思ったんだよね。どうせ、愛想悪くしてたんでしょ」

織田一真が、「その通りだよ」と口を挟んだ。「愛想がないねえ、おまえの弟君は。俺たち、人生の先輩たちに、ため口利くし。チャンピオンに道を訊かれても無視だしな」

「あ、すみません」女子高生は急に丁寧な言葉を使い、頭を下げた。髪の毛が少し茶色で、それは地毛というよりはファッション、ファッションというよりは自己主張のために粉飾されたかのような色合いだった。「うちの弟、少し耳が悪いんです」

「耳が？」佐藤は訝るように聞き返したが、それで納得がいった部分もあった。こちらの言葉を聞き流すかのような態度で、無愛想に見えたが、それは、実際に声が届いていなかったからか。

「小学校の低学年から急に、聞こえなくなっちゃって。補聴器つけてるから、どうにか聞こえますけど」

「耳が悪いけど、顔はいいよな」織田一真はいつもと変わらぬ、砕けた口調で言う。

「確かに恰好いい」佐藤もそれは認めた。

「でしょ」女子高生は自慢げに答える。

「帰る」俯いていた少年が顔を上げた。

女子高生が首を傾げながら、「大丈夫？」と言い、右手で自らの左肩あたりを触り、その後で右肩を叩いた。ふん、と少年はよそを向いたが、小声で、「大丈夫」とは答え、女子高生同様に手で自分の肩をぽんぽんと左、右と触った。意識するより先に、反射的にその動作をしているかのようだったため、「それ、何のサイン？」と佐藤は訊ねていた。

「あー、これ、手話です」女子高生が答える。「『大丈夫』という意味で。うちの弟はまったく聞こえないわけじゃないし、ある程度は喋れますけど、でも、身振り手振りがあったほうが伝わりやすいので」

へえ、と織田一真が面白がり、真似して肩を叩く。左肩から右肩、とやる。話し言葉では、語尾を上げると疑問形になるが、手話の場合は仕草はそのままで、表情や首を傾げることで、相手に、「大丈夫？」と訊くことになるらしかった。

「というか、誰ですか？」女子高生は先ほどから気になっていたのか、さすがに我慢できなくなったという様子で、小野にぶつけた。「プロレスラー？」

「惜しい」チャンピオンの小野はにこやかに言う。

「おまえ、知らねえのかよ。小野だよ、ウィンストン小野。日本人初のヘビー級世界チャンピオンの」織田一真はまくし立て、その後で、透明のパンチでも食らったかのように後ろにのけぞり、「おい、本当に知らねえのか？　学校で何習ってるんだよ」と嘆いた。

織田一真はそこから、小野がいかにすごいボクサーであるかを力説した。再来月の末には防衛戦が控えていること、さらには、その小野が仙台のこの町にいるのがどれほどありがたいことか、について話した。その熱弁が効果を発揮したのか、女子高生は、「へえ」と感心し、「すごーい」と目を輝かせた。少年は依然として不機嫌を崩していなかったが、さすがに、小野を見る目には尊敬が滲みはじめた。

「そうなんですか。すごいです。試合、がんばってくださいね」女子高生は、昔からの由緒正しいファン、といった風情で、小野に言った。「テレビで絶対、応援しちゃいます」

「君も握手してもらったら、どう？」佐藤は、少年に言った。別段それで、彼に勇気が湧く、であるとか、友人関係のもやもやを乗り越えるきっかけになる、であるとか、そういった期待は持っていなかったが、せっかくの機会だからと思った。

少年は二枚目で、大人びているとはいえ、しょせん中学生、世界チャンピオンに対面する興奮は抑えがたいのだろう、ほどなく右手を、恥ずかしながらも前に出したが、なぜかそれをいち早く握り返したのは織田一真で、佐藤は、「何やってんだ」と言わずにいられない。

「まあな」と織田一真は当然のように誇らしげで、握手した中学生の手をぶんぶんと揺すった。

「でも、大丈夫？　同級生にまたいずれ、今日みたいに囲まれるんじゃないのかな」佐藤は、少年に言った。「先生とかに相談できないの？」

「してるんですけどねえ」女子高生が答える。「ただ、ガキは、教師の目を盗んでいろいろやるので」

「おまえもガキじゃねえか」織田一真が即座に指摘すると、女子高生は目を強張らせた。

そこで少年がぼそっと洩らした。「どうせ俺、聞こえないし」

佐藤にはそれが、少年の真剣な苦しみから吐き出された本音の響きに感じられた。まわりの木が、「うんうん、分かるよ」と耳を傾けている気配を覚える。

「聞こえなくても、できることはある。ボクサーにでもなれば？」と言ったのは、チャンピオンだ。胸を張った後で、すっとファイティングポーズを取った。

あまりに美しい動作に、佐藤は鳥肌が立つ。

織田一真は地面に向かって、体を傾け、落ちている木の枝を拾い上げた。「いいか、いいこと教えてやるよ。次、誰かにやられそうになったら、こう、おもむろに木とかを持ってだな」と棒の両端を手でつかむ。

「織田、何する気だよ」

「怒りをぶつけて、真っ二つに折るんだよ。手近にある木をへし折って、吠えてやれば、威嚇《いかく》になる」織田一真は力を込める。が、見た目以上に棒は固かったらしく、顔を赤くしているにもかかわらず、びくともしない。「こうやってだな」と何度か持ち直すが無理で、結局、「チャンピオン、頼む」と小野に渡す始末だった。

小野は笑いながら、少年に、「折れる？」と棒を出した。

少年は力試しに興味があるのか、棒をつかんで、鼻息を吐き、腕に力を入れた。が、折れない。女子高生と佐藤も順番で挑戦するが失敗に終わり、最後に小野が軽々と二つに折り、みなが拍手をした。

別れ際、少年が、「あの」と言った。「試合、がんばって」

「任せとけ」

「何でおまえが答えるんだよ」

その十年後（つまり現在から九年前）

――織田美緒――

「いやあ、美緒、合唱コンクールにはいったい、どういう意義があるんだろうね」学校帰りの道を並んで歩いている藤間亜美子が言った。

「どういう意義って」

「みんなで声を合わせて、歌を歌って、いったい誰にどういうメリットがあるのか」

「メリットとかじゃなくて、まあ、ほら、若者たちが力を合わせて、何かに打ち込んで発表する、というのはほっとするのかもよ」

「ほっとするって誰が」

「大人たちが」織田美緒は笑う。「若者たちが、だらだらと怠惰に過ごしてると心配でしょ？　みんなで合唱の練習をしてるというのはきっと、その反対で」

「そのくせ、合唱コンクールでみんなで、アナーキー・イン・ザ・ＵＫとか歌ったら、怒るんだろうね」

「喜ぶ大人もいるかもだけど」

「いるかなあ」

「うちのお父さん」織田美緒が言うと、藤間亜美子は笑った。「美緒のお父さんは喜びそうだね。アナーキーだし」

　高校に入学した時、初めての教室で隣り合わせだったことをきっかけに、織田美緒は藤間亜美子と親しくなり、もっとも気心が知れた関係となった。

　春に藤間亜美子が好きな劇団の公演を観に行く際、「美緒が一緒だったら、行っていいって言われた。美緒は、うちのお母さんの信頼ばっちりだから」と誘ってくれ、一緒に東京旅行に行ったのだが、その時にちょっとした事件があった。

　観劇の後、ファストフード店でハンバーガーを頬張っていたところ、隣の席で二十代と思しきカップルが口論をはじめ、というよりも男がひたすら女のほうを罵《ば》倒《とう》する、という展開で、はじめは関わり合いになりたくない、と聞き流していたものの、あまりに一方的であるため不愉快で、織田美緒は、「ちょっと、気分悪くなるから、ここでそういうのやめてくれますか」と首を突っ込んだのだ。

もちろん男がそこで、「あ、そうでしたね。これまた失礼しました」と認めるわけがなく、「おまえら関係ねえだろうが。ふざけんなよ」と低い声で言い返してくる。他者を脅すことに慣れている様子があって、これは危険な相手を怒らせてしまった、と織田美緒は肝が冷えた。

その時、すっとテーブルに寄ってきた男がいた。三十代の、派手なシャツを着ており、いかがわしい人物が来た、と警戒心が体に湧く。「美緒さん、どうかしたんですか」と声をかけてきた。

「あ」

「美緒さん、何かあったら、俺が兄貴に怒られるんですけど」と言うと、今度は隣のテーブルの男に険しい表情を見せた。「おい、ちょっと、うちの美緒さんと何かあったのか？」

男は突如やってきた、年のいった外見でありながらも柄の悪い態度に、警戒心を抱いているようで、「別に」ととぼける言い方をした。

「別に、じゃねえよ。おまえ、誰のお嬢さんに口答えしてたのか分かってんのか、おい」

「あ、いえ」そこで初めて、隣のテーブルの男は心配そうな面持ちを浮かべた。

柄の悪い男は、大きく溜め息を吐く。「おまえなあ、相手が女だと思って、偉そうにしてるとやばいぞ。この女子高生の父親が誰なのかも知らねえなんて。もしかすると、おまえのその彼女だって、恐ろしい人の娘さんかもしれねえぞ」

居心地悪くなったのか、男は女と一緒に店から出ていき、そこで織田美緒はようやく、「お父さん、本当に勘弁して」と怒ることができた。藤間亜美子が目の前でぽかんとしており、申し訳ない気持ちになる。

「でもうまくいっただろ。おまえが前に教えてくれた技を使ったわけだ。仲裁の技を」

確かにそれは、客が店員に、限度を超えたクレームをつけているような場合に、割って入るための作戦だったが、その話は、母にしかしていなかった。母から洩れたのか、普段、仲が悪そうなのに「誤算」と織田美緒は呟く。「どうしてここにいるわけ」

織田一真は、娘が友達と東京に行くのが心配で、後をつけてきたらしかった。舞台の最中は会場近くで時間を潰し、その後も尾行してきたが、この店で揉めはじめたため、さすがに見ていられず出てきたのだ、と。


「でも、美緒のことが心配で、わざわざ新幹線に乗って、ついてくる、なんて、いいお父さんだよね」藤間亜美子が言った。

「良くないよ。しかもたぶん、面白がってたんだって。探偵ごっことか好きだから」

「探偵ごっこ、って子供みたい」

「子供だよ」どうして、母が、あのような父と結婚することになったのか、織田美緒は不思議で仕方がなかった。

「前から話を聞いていて思ったけれど、美緒の両親って仲良さそうだよね」

「ちょっと待って。どこを聞いてそう思うの」織田美緒は心底、驚いた。忠臣蔵のドラマを観た後で、「ゾンビって怖いよねえ」と感想を述べるかのような謎めいた反応に思えた。「喧嘩ばっかりだよ。というか、お父さんがあまりに駄目すぎるから、喧嘩にならない、という面もあるけど」

「うちは昔はいろいろあったみたいなんだよね。わたしが保育園の時、お母さんが、わたしを連れて、実家に帰っちゃって。だからその時は、仙台にいなかったんだよ」

藤間亜美子の母とは以前、授業参観の際に会った。背筋が伸び、目鼻立ちがはっきりし、てきぱきとしている印象だった。思えば、父親のことはあまり聞いたことがない。「お父さんの浮気とか？」

「違うんだよね。理由はいまだに教えてもらっていない、というかたぶん、お母さん、自分でもよく分かっていないんじゃないかなあ。一緒にいたくない！と思ったのは事実なんだろうね」

「亜美子はその頃のことあまり覚えてないの？」

「ぼんやりとしか」

バスに乗ると、二人掛けのシートに並んで座り、駅へと向かうまでは、藤間亜美子の好きな役者の動向やコンビニエンスストアの新商品についてが話題になり、それが終わったあたりで織田美緒は、「亜美子って、格闘技とか興味ないよね？」と言った。

「格闘技って、あの格闘技？」

「あの、というか、その。今度、ボクシングの試合、東京に観に行かなくちゃいけないんだけど。チケットが一枚余ってるから、亜美子も一緒だったら楽しいかなあ、って」

「ボクシングって、美緒、興味あったの？」

「全然ない」織田美緒は即答する。「ただ、お母さんの知り合いが、元世界チャンピオンで、うちのお父さんが観に行くって張り切っていて」

「元チャンピオン？　それって」

「ウィンストン小野、っていう」

「ヘビー級ボクサーだった人？」

「あ、亜美子も知ってるんだ？」

「知ってるよ！」藤間亜美子のその声が大きく、ほかの乗客が、大半は他校の男子生徒だったのだが、何事か、とこちらを振り返った。知ってる知ってる、と囁き直し、それから説明をしてくれた。「十年前、試合をお父さんと観に行ったんだよ。わたしとお母さんは東京に住んでいたんだけど、お父さんがチケット取ってくれて。小学生になるかならないかくらいだったから、ほとんど記憶にないんだけれど、でも、観客席でお父さんがすごく真剣な顔だったのは覚えてる」

「それって、負けちゃった試合？」

「そう。お父さん、自分が殴られているような顔になってて。わたしは、ほら、ヘビー級ボクサーなんて初めて観たから、大きいし筋肉は凄いし、怪獣を見ているみたいで、それはそれで興奮しちゃった」

　織田美緒は、自分の家にウィンストン小野が来たことがあるのだ、と言いそびれる。説明が面倒だったわけではないが、自慢話のようになるのが怖かった。が、チャンピオンを怪物のように感じたのは、織田美緒も一緒だった。

「負けちゃって、本当に残念だったよね。ドクターストップっていうのかな」

五ラウンド目で、連打を受けたチャンピオンがこちら側のロープ近くで誰かのチェックを受け、その後でレフェリーが手を振り、負けが決まった。確か、試合中継の生放送で母や父と観ていたはずだが、録画を観た記憶しかなかった。

藤間亜美子が肩を小さくすくめる。「あの時、うちのお父さん、本当にがっかりしていたんだよ。落ち込んじゃって。こんなに元気なくなって、一緒に帰れるのかな、って不安になったのを覚えてる」

「でもその小野さんが、今度、また世界チャンピオンに挑戦するから」

「え、そうなの」藤間亜美子がまたしても高い声を出す。「だって、もう結構な歳でしょ？」

「うちの親と近いんだよね。三十六歳とかだったかな」

「ボクサーとしてどうなの？」

「最近、また頑張ってるんだって」

「美緒、詳しいんだね」

「お父さんが鬱陶しいくらいに、解説してくるから」

おまえが小さい時にこの家に来てくれたんだぜ、と父の織田一真はよく言った。世界チャンピオンがこのマンションに来るなんてな、奇跡だよ、奇跡。俺のおかげだろ、と胸を張り、それを鬱陶しそうに母が聞き流すのが、定番の流れだった。弟の一樹《かずき》に至っては、当時はまだ一歳であったから、「何それ、覚えてない。僕だって、チャンピオン見たかったな」と嘆く。

「復活してるなんて、それは、勝ってほしいね」

「だね。しかも、相手のチャンピオンが」「どうなの?」「天才と持てはやされてるらしくて」

「うん」「若くて、自信満々なの」「やな感じ」

「でしょ」

「ますます勝ってほしい。でもさ、わたしが一緒に行っちゃって、いいの?」

「本当は、弟の一樹を連れて行く予定だったんだけれど、その日、少年野球の試合が入っちゃって。だからチケット余ってるの。わたしも、亜美子が一緒のほうが絶対楽しいし」

「いや、誘うなら、久留米じゃなくていいわけ?」

織田美緒は自分の耳が少し赤くなるのに気づくが、それは恥ずかしさというよりは、思いがけない言葉をぶつけられ、うろたえたせいだった。気を取り直し、「久留米君は関係ないから」と言い返す。

「だって一年の時から、いい感じだったでしょ。わたし、何人からか訊かれたもん。美緒が、久留米と付き合ってるのか、って。そんなのわたし、知るわけないから、『プライベートのことは本人に任せておりますので』とだけ答えておきました」

「付き合ってるわけじゃないから」織田美緒は手を振る。久留米和人とは高校一年の際、彼の父親と、担任の深堀先生にまつわる秘密を共有して以来、織田美緒からすればそれは、秘密と呼ぶほど深刻なものではなく、愉快なエピソードにしか思えないものの、久留米和人のほうが、「これはご内密に」と大仰な言い方で頼んできたため、ほかの誰にも話していないだけなのだが、とにかくそれ以来、親しくなったのは事実で、二年になっても同じクラスであるから機会があればよく話をした。

「まあ、久留米は性格良さそうだけれどね」藤間亜美子がうんうんとうなずく。「今日だって、先生に抗議してたし」

「ああ、口《くち》パク問題」

合唱の練習で、一人、どうしても音程がずれてしまう男子がいた。日ごろからほとんど自己主張をしないタイプの同級生で、地味な生徒だったが、その歌は妙に悪目立ちするため、担任教師がついに匙《さじ》を投げ、「本番は、口パクでいったほうがいいかもな」と提案した。久留米はそれに反対したのだ。

「さすが、短気でデリカシーがないことで定評がある、うちの担任」織田美緒が冗談めかし、言った。

「あそこで、まだ諦めるのは早いです、と言える久留米はいい奴だと思ったよ」

現在

——美奈子——

「ウィンストン小野？　ちょっとした間違いでチャンピオンになって勘違いしちゃった日本人だろ。一回ベルトを試着しただけの。いまだにボクシングをやっていること自体が驚きだよ」

スタジオの画面に、九年前のオーエン・スコットのインタビュー映像が流れていた。当時二十五歳、甘いマスクのアメリカ人は顔だけを見れば、ハリウッド映画の主役に抜擢された役者のようで、一九〇センチの長身には見えず、ましてや、ヘビー級のボクサーとは思えない。デビュー以来の連戦連勝、負け知らずで王者となり、しかもすべてがKO勝ちで、「アリとタイソンも、今が現役時代じゃなくて良かったね」とうそぶくところも含め、いかにも、「天才」という肩書が似合った。

「え、ウィンストン小野が今度の対戦相手？　嘘だろ。ああ、それでか、試合会場が日本になったのは。俺の周りでは、金の力で会場を日本に持って行ったなんて言ってたけどさ、俺の知ってる日本は、昔金持ちだったことをいまだに自慢している島国でしかないから、変だとは思ったんだ。あれだろ、おじいちゃんのウィンストン小野が俺のパンチで壊れちまった時、日本の病院にすぐ行けるように、だろ？」

美奈子はその映像を眺めながら、懐かしさを覚えた。九年前、あの試合の前に、このオーエン・スコットの挑発的な様子は何度かテレビで観た。そのたび、不愉快になり、同時に怖くなった。十歳の年齢差はもとより、オーエン・スコットのKO率の高さと、その試合映像に観る運動能力の高さは、小野を圧倒していた。

「これは今観てもさすがに、かちんと来るんですが、小野さんはどうですか」司会の漫才師が尋ねる。

小野は苦々しく笑った。「そりゃあ、楽しくはないですけど、こういうのって翻訳の仕方にもよりますからね。これはわざと、オーエンが煽っているように訳してるんじゃないですか」

「そうなんですかねえ」

「まあでも、口が達者なのは事実ですよね。僕はこんな風には、言えないですし」

「実際、それまではオーエンの試合、というか、ヘビー級の世界戦はたいがい、ラスベガスとかあっちで開催されていたのが、日本でやる、というのは凄いことでしたよね」

「そこは、プロモーターが頑張ったんですよ。メリットデメリット、両方あったんでしょうけど、とにかく、この試合で稼がないと、いつ稼ぐんだ、と」

「儲《もう》かったんですかね」

「うちのジムの会長は、この試合の後、新車を売っちゃってましたけど」

そこでスタジオの観客が笑い、美奈子も釣られて笑みをこぼした。九年前はもちろん、笑いごとではなかった。ジムの周りには、海千山千、素性も目的も不明の怪しげな業界関係者が集まり、「ああしろこうしろ」と提案や誘導をしてきた。小野の周辺にはビジネスに疎い人間が多く、警戒心を全開にしていたものの、それでも、大なり小なりいざこざや面倒なことが起きた。

「前回のような失敗は繰り返さない。それが僕の、僕たちの掛け声みたいなものでしたから」

前回とは、二十七歳でチャンピオンベルトを手にした時のことだ。日本中が歓喜した後の再戦で、小野は呆気なく負けた。額から出血した末のドクターストップではあったが、それ以前に、前チャンピオンは小野を圧倒しており、「試合が続いていれば！」と嘆く観客はほとんどいなかった。小野が負けるのは時間の問題で、いいようにやられてばかりの姿が、自分たちの惨めさと直結しそうになっていたため、みな、早く終わってほしかったのかもしれない。

「とにかく今回は、昔から二人三脚でやってきたトレーナーのケリーと」

「松沢ケリーさんとは十代の時に出会われて」

「当時から、うるさいおっさんだな、と思っていたんですけど、ずっと、うるさいおっさんでしたね」

「一度、小野さんのもとを離れてるんですよね」

小野は片眉を下げ、「ですね。ケリーの愛想が尽きちゃったんですよ」と言った。

世界チャンピオンとなった騒ぎの直後に、いきなり再戦で負け、オーエンの表現を借りれば、「ほとんどベルトの試着」のような状態で、王者陥落となった小野は、はじめはベルト奪還を目指し、必死に練習を再開した。小野だけでなく、松沢ケリーをはじめジムのみなも、「もう一度立て直せばすぐに返り咲ける」と思っていた。

が、空回りした。二試合連続で判定負けを喫したばかりか、その直後に股関節を痛め、長期休養に入らざるを得なくなった。崩れた地盤を立て直すこともできず、練習もできず、ひたすら体の治癒を待つのには精神力が必要で、小野はさすがにまいってしまった。

ジムには通い続けたものの、それはほとんど体型を維持するための筋力トレーニングに近くなり、松沢ケリーは別のジムから誘われていたのを機に、そっと離れた。

美奈子が結婚したのはその頃だった。小野は、「結婚するとしてももう一度、ボクサーとして結果を残せたあとで」とこだわったが、美奈子は、彼の姉と相談し、結婚を強行した。そうしなくては、すぐにでも無軌道に、小野が人生の道から離れ、挫《くじ》けてしまうのが見て取れたのだ。

「とにかくあのオーエン戦の時は、その十年前みたいに、みっともないことにならないように、ケリーと会長が必死に守ってくれて、しかも日本での開催とかできることは全部やってくれて」

「日本での開催を決めたのも凄いですけど、男の真剣勝負、というシンプルなスローガンで、前宣伝を含めて、全体が硬派な雰囲気づくりでしたよね」

「前座はいらない、とか。あとは、美人がうろついていたら、集中力が切れる、と会長が主張して、ラウンドガールじゃなくて、ラウンドボーイにしたりね」小野がそこで目を細めた。美奈子も、自分が同じように微笑んでいることに気づく。

「ああ、そのことはいろいろまた後で伺いたいんですが、でもそのせいで、オーエンからは、『ラウンドボーイを要求するなんて、小野はホモセクシャルなんだ。リング上で、俺は求愛されるかもしれない』とか揶揄されましたよね。あれはあれで、同性愛者から反発されてましたけど」

小野は和やかな、遠くに思いを馳せるような顔つきで顎を引いた。あの試合の時のことと同時に、三年前に肝臓癌《がん》で亡くなった松沢ケリーのことを思い出しているのだろう、と美奈子には想像できた。

葬儀の日、小野は一人で何キロも走り、縄跳びをひたすら跳んでいた。

「九年前、日本中がむかついてました」

「誰にですか」小野が驚いたように、眉を上げる。

「オーエンですよ。でかい口ばっかり叩いて、あれはもう、日本人全体を馬鹿にしているようなものだったじゃないですか。小野さん、どんな気持ちだったんですか、試合前は」

「いやあ、覚えてないです」小野が頭を掻く。

嘘つき、と美奈子は内心でそう呟いた。当時、小野はとにかく、オーエン・スコットの言動にいきり立ち、苛立ち、「絶対に俺は負けない」と毎日何度も口に出し、念じ、「ふざけんなよ、おまえなんて」と悪口を続けようとするが、いつも思いつかず、悶々《もんもん》としていた。しまいには、「オーエンなんて誰も応援するか！」という駄洒落しか出てこなくなった。

「ただ、オーエンも天才ぶっていたけれど、いえ、もちろん彼は天才ボクサーなんですけれど」小野がそこでぼそぼそとマイクに向かって喋る。「大変な人生を歩いてきたんですよ。父親の暴力がひどかったらしいですし、仲間はみんなギャングばっかりで」

近くにいた友人たちが女性をいたぶろうとしたのを止めようとし、リンチに遭い、もうこんな人生なら生まれないほうが良かった、と母親にぶつけたところ、父と母、双方からバットや鉄パイプで殴られた。オーエンにはそういった話もあったが、小野は細かくは説明しなかった。

「オーエンの肩を持つわけじゃないけれど、飄々とした天才というイメージはあくまでもイメージで、飄々と生きてきたわけではないですからね。そこはちゃんと知っておかないと、フェアじゃないような」小野は言いにくそうに、小さな声になる。「今では、尊敬しています」

「今では？　当時はどうでした」

「むかついてました」

「ほら」

小野が破顔するのと同時に、スタジオの空気が緩む。

「あの時はみんな、小野さんに勝ってほしくて勝ってほしくて、テレビの前でこうやってましたよ」司会者が両手をぎゅっと握り合わせ、お祈りする恰好になる。

「伝わってきました」

「テレビのこっちの応援が？」

「ええ。あの日、会場には限られた人しか来られなかったんでしょうし」

「そうですよ。大人の力で、コネで、プレミアチケットを手に入れたおっさんたちばっかりでしたからね」

「心強い応援もあって、だから戦えました」小野は昔を顧みる眼差しになり、それから、「まあ、あんな結果になっちゃいましたけれど」と子供が反省するような顔になった。

それから十九年前

――藤間――

「藤間さん、申し訳ないです。付き合ってもらっちゃって。というか仕事大丈夫なんですか」

榴ヶ岡《つつじがおか》公園の敷地内で、藤間は広げたブルーシートの上で、佐藤と一緒に腰を下ろしていた。桜がまさに満開で、木々の枝から桃色の雲が流れ落ちるかのように広がっている。西公園のソメイヨシノも素晴らしいが、こちらのシダレザクラもいい、と藤間はぼんやりと思う。

「今は特に忙しくないし、佐藤には借りがあるから」

「ウィンストン小野のサインですか」佐藤は笑いながらも、どこか恐縮している。「あれは単に、僕の友達の友達が、という繋がりだけなんですけど。そんなんで、花見の場所取りまで付き合ってもらっちゃって」

「いや、実際は課長に頼まれたんだよ。暇なら、佐藤に付き添ってやってくれ、って。花見の場所取りは、戦場だから、佐藤一人だとトイレに行ってる間に乗っ取られている可能性がある、とか言われて」

「いまどき、花見の場所取りで部下をこき使うなんて、時代錯誤ですよ」

「まあな。でも、昔のものが全部悪いってわけじゃない。いいものもあれば悪いものもある。現代の流行や常識にだって、いいものと悪いものがある」

「花見の場所取りは、いいほうとは思えないですけど」佐藤がぶつぶつ言うのが可笑しくて、藤間は顔を綻ばせた。

シートに直接座るのは尻が痛い。細かい石や砂利があるのだろう。定期的に姿勢を変える。佐藤もそうしていた。周りにはぽつぽつと場所取りのシートが敷かれており、用意良く、折り畳みの椅子に腰かけていたり、もしくは男女複数人でトランプをしていたり、と快適な場所取りタイムを過ごしているグループもあった。

「今度の試合どうなんでしょうね」佐藤が言った。「ウィンストン小野の防衛戦」

「そりゃあ勝つだろ」藤間は自分の声が高くなっていることに気づく。「実は観に行くんだよ」

「そうなんですか？　チケットは」

世界チャンピオンとなった小野は一躍、「日本の顔」となり、今までボクシングに興味がなかった者たちからも注目を浴び、元チャンピオンとの再戦は発売直後に売り切れ、入手困難となっていた。

「オークションで落とした。二枚」

「奥さんと行かれるんですか？」

「娘と」藤間は言う。

「刺激強くないですか」

「もともとは娘が言ったらしくてね」妻と娘は東京の実家にいるままだったが、電話で、「チャンピオンのサインをもらった」と話したところ、娘の亜美子は喜び、「わたし、小野ちゃん応援してるんだよ。今度の試合も絶対、観に行くんだ」と興奮気味に話してきた。妻に確認すると、チケットが手に入っているわけでもなく、観戦に行く予定もないらしい。それならばと藤間は金に糸目をつけないつもりで、もちろん糸目をつけないわけにはいかないのだが、二枚を落札した。

「奥さんとは連絡取れてるんですね」佐藤は気を遣いながら質問した。

「今は、電話で少し。会えてはいないけれど」

「あの時は連絡もできない感じでしたよね」「あの時？」「藤間さんが、机を蹴飛ばして歴史的なゴールを決めた時ですよ。データが全部飛んで」

ああ、と藤間は苦笑し、迷惑をかけたことを謝る。「そうだね、ぜんぜん音信不通で、連絡も取れなかったけれど、いろいろあって今は電話だけは」

「いろいろってどういう」

「銀行の通帳記帳のやり取りで」

「え？」

確かに、説明がなければ意味が分からないだろう、と藤間は思ったが長々と話すのも気がひけ、佐藤にしたところで当たり障りのない会話の一環と思っているはずで、だからそれ以上は話さなかった。「とにかく、娘と試合を観に行くんだよ。会社を休んで」

「無事に休めればいいですね」佐藤が大袈裟に脅すような言い方をした。「トラブル起きると、藤間さんの出番になっちゃうから」

「課長にも言われたよ。もし何かあったら、俺がおまえの娘と一緒に行ってやるから安心しろ、って」

「課長って、ちょっと変ですよね。いい人なんでしょうけど」

「ミッキーマウスの大変さにも気づいてやれる」「部下の大変さには鈍感ですけど」

しばらくブルーシートに座り、思い出したかのように佐藤と会話を交わし、時計を確認した。佐藤は、マーケティングの情報収集用の用紙、いわゆる街頭アンケートの見本を持参しており、その校正チェックをしていた。時折、電話をかけてくる課長に応対しているうちに日の角度が低くなりはじめる。

そのうち佐藤がトイレに行ったのだが、戻ってくると何度も後ろを気にするようにしていた。「課長が隠れていた?」と言ってみると佐藤は、「いえ」とかぶりを振る。「見たことある子がいまして」

「見たことある子?」

「ええ。いや、名前とかも全然知らないんですけど。女子高生が、男と揉めてました」

「男と揉めてるって、大丈夫なのか?」藤間は腰を上げ、膝立ちになり、トイレの方角からその周辺をぐるりと見渡した。「出店のあるほう?」

「行ってみてもいいですか?」佐藤はやはり気になるらしく、脱いだばかりの靴に足を入れはじめている。

「俺も行くよ」藤間が言ったのは、単に暇だったからに過ぎなかった。

出店の並ぶ敷地まで行くと、ずいぶん多くの人が集まり、賑やかだったが、その女子高生と若者が立つ場所は心なしか暗く、ぎすぎすした気配が漂っていた。不貞腐《ふてくさ》れた顔つきの女子高生を見て、藤間は胃の痛みを覚える。妻が家の中でああいう顔をし、黙りこくっている時のことを思い出したからだ。

若者のほうは大学生なのか、高校生にしては大人びており、とはいえ社会人というのには幼かった。

恋人同士の喧嘩だろうか。

見ていると、女子高生がぷいっと遠くへ行こうとし、それを男がかなり乱暴に肩をつかんで止めた。感情がうまくコントロールできないのか、せっかくの優男の顔が興奮で歪んでいる。

離してよ、と女子高生が振り払おうとしたのを、若者がさらに突き飛ばした。

「おいおい」と藤間はさすがに声を上げてしまう。周りの人間たちが、もしかするとシダレザクラの樹木たちも、訝る視線を向けた。

佐藤が近づき、「大丈夫?」と声をかけた。地面から起き上がる女子高生は制服の砂を払いながら怒りの吐息を呑み込むようにし、厳しい目でこちらを見た。そして右手で自分の肩を、左、右と交互に叩いた。咄嗟に出た無意識の仕草だったのか、彼女自身が顔を顰《しか》めた。「大丈夫です。気にしないでください」

「あ、ほら、この間、公園で会ったんだけれど覚えていないかな。君の弟君がいて。ヘビー級チャンピオンがいた時に」佐藤は腰がひけた様子ではあったが、ここで立ち去るのも中途半端だと思ったからか、しどろもどろながらに話していた。

「何だよ、おっさんが好きなのかよ」若者は捨て台詞を吐き、面倒臭そうに先へ行ってしまう。

女子高生はその男の背中を睨み付けたが、追う気配はなく、「ああ、あの時の」と佐藤を指差した。

「藤間さん」佐藤が泣き出しそうな表情で、藤間を振り返る。「あいつに、おっさんって言われちゃいました。まだ二十七なのに」

「さん付けなんだから、まだいいじゃないか」

おおよその説明を受け、藤間はその女子高生と佐藤が遭遇した時のエピソードを把握した。サインをもらいにいってくれた時の話であるから、あながち自分も無関係ではないのだな、と藤間はぼんやり思う。

「最近の若い恋人同士の喧嘩って、結構、バイオレンスなんだね。あんな風に突き飛ばしたりして」佐藤が冗談めかした。その言い方はあまり面白いものとは思えず、大人のつまらない冗談に厳しい年頃の女子高生には鼻で笑われるだろうと藤間が想像したところ、やはり、頬を引き攣らせたような顔で、ふん、と言われていた。

「恋人とかじゃないので」

「友達?」

「友達という呼び方がすでに子供みたいで嫌なんだけど」

「友達は大事だよ」藤間は言っていた。「俺なんて友達がいないから、奥さんに出て行かれたら、一人でどうしたらいいやら」

木から落ちた猿に会ったかのような、同情を浮かべつつ軽んじる表情を女子高生は見せた。眉を上げ、口を横に広げる。あらまあ、といった具合だ。

「老後は友達いないと大変みたいですよね」

「佐藤、まだ老後は早いだろ」

女子高生は少し笑った。「いいよ、老後はどうせ、わたしと弟で二人で生きてるんだから。もし長生きしたとしてね」

「弟君、恰好いいからモテて、すぐに結婚しちゃいそうだ」

女子高生が、佐藤を睨む。「あんなんでも？」

「あんなんでも、ってどういうこと」

「耳がちゃんと聞こえないのに」

「そんなの関係ないだろ」藤間はあまり深く考えず、反射的に否定したが、それはそれで安直で、無責任な言葉だと遅れて気づく。こういったところを、妻に注意されていたではないか。

案の定、女子高生は、「別に、うちの弟が世界一大変、とか言うつもりはないですけど」と語調を強めた。「でも、耳がああいう感じってだけで学校で苛められることもあるし、やっぱり、なんだかんだハンデ設定はありますよ。さっきの男だって、歩いてた盲導犬見て、冷たいこと言ってたし」

どうやら、先ほどの学生風の男が公園内で盲導犬を見かけた際、「失礼」「不謹慎」とまではいかないまでも、「無理解」を示す台詞を口にし、そのことで彼女が反発したようだった。具体的なやり取りの内容は分からなかったが、男のほうは、彼女の弟の事情まではまだ知らなかったらしい。

「でも、この間、チャンピオンに会っちゃったのは嬉しかったみたい」

「あ、弟君、喜んでいたの？」

「特に感想は言ってないけど、テレビとかあの人が出てると熱心に見るようになって、こっそり、部屋でボクシングの真似してるし」

「将来、ボクサーになったりして」今度は佐藤のほうが無責任なことを言ったが、彼女も不愉快さを浮かべなかった。「そんなことってできるのかな。ボクシングの選手になるとか」

「そりゃあ」藤間は言いかけ、ここで安直に前向きな発言をするのは良くないと自分を戒める。

「無理ってことはないだろう。別にボクサーや有名人にならなくても、いいとは思うけれど」

「弟君は、今度の試合も楽しみにしてるのかな」佐藤が言う。

女子高生は強くうなずいた。「来月、その試合の日、わたしのバイトが入ってるかどうか気にしていたから」

「どういうこと」

「一人で家で観たいんじゃないの。興奮してるのをわたしに見られるのは恥ずかしいから、バイトでわたしがいなければいいな、って。でも、テレビから応援して、チャンピオンに届くもの？」

「届くって何が」藤間は訊ねる。

「応援というか気持ちというか」

答えた彼女の視線が宙をふらつき、何を追っているのかと思えば、風で散った桜の花弁が舞い、落下する経路を眺めているのだと分かる。遊泳し、舞い落ちるそれは最終的に三人の中間あたりの地面に落ち、それぞれの視線がそこに集まった。

全身の枝から桃色の滝を流すような姿のシダレザクラが、藤間たちを囲んでいる。

その十年後（つまり現在から九年前）

――小野学――


「ネットのニュースとか観たら駄目だからね」松沢ケリーが、タクシーの後部座席で言った。

「どうせ、みんな勝手なことを書いてるし」

「分かってるよ」小野は答える。

記者会見が終わった後だった。明日の計量、明後日の世界戦を前に行われた調印式で、オーエン・スコットと初めて顔を合わせた。驚くほどの人数のマスコミがいた。予想はしていたがオーエンの態度はよろしくなく、小野と目を合わせようともせず、記者からの質問にもへらへらと答えるだけで、「小野の印象を」と定番の問いに対しては、「年寄りかと思っていたけれど顔は若くて、びっくりした。あと二日もすればこの可愛い顔がぼろぼろになっちゃうんだから、可哀想だね」と答えた。

日本人記者が明らかに不愉快を滲ませ、中には面白がる者もいただろうが、その後で小野に、「今のコメントに対して」と訊ねてきた。

何でもかんでも訊かなくても良いように思ったものの、小野はマイクの位置を気にしながら、「若く見えた、と言われて嬉しい」と答えた。

会場では笑いが起き、通訳がそれを英語にし伝えると、オーエンは少し面白くなさそうな顔になった。ユーモアで切り返された、と思ったのだろうが小野からすればただ、正直に言っただけだった。

長い付き合いの松沢ケリーはもちろん、小野の性格を、その生真面目さと口下手についてよく知っていたから車内でも、「あれは可笑しかった」と言った。「でも、君に会ってからもう二十年近くになるけれど、おかしな選手だよ。それまでに俺が見てきたボクサーはみんなもっと、こう何というか」

「闘志剝《む》き出し？」

「そうだね。売られた喧嘩を買わなかったら死んでしまう、というような。舐められることを嫌って」

「ケリーと会った頃はまだ、そういう感じだったと思うよ」十代でボクシングジムに通い、それは姉の香澄に無理やり押し込められたばかりだったが、そこで半ば嫌々練習をし、数年が経った頃に、松沢ケリーがトレーナーとして来た。ジムの会長の飲み友達で、たまたま近所に引っ越してきた、という理由からだった。小野を見ると、「でかいな」と言った。「よく言われる」と小野がぶっきらぼうに答えると、松沢ケリーはさらに、「富士山もよく言われてるだろうね」と続けた。その頃は才能があるとは思いもせず、ただ身体が大きいから真面目に練習すればそれなりのボクサーになるだろうな、と感じた程度だったが、こっちの想像以上に真面目に練習する男だったから驚いた、とは十年前、小野が二十七歳で世界チャンピオンとなり、松沢ケリーが取材された時のコメントだ。

「前から言ってるように」小野はタクシーの外を流れていく景色を眺めながら、喋った。「姉が昔から洗脳してきたからね。苦しい子供時代を過ごしてきたからこそ、礼儀正しくしろ、って」

「意外性がないから、だっけ」長年の付き合いで松沢ケリーもそのあたりの事情は知っていた。

「どうせ親がいなかったから乱暴なんだ、とか思われたら、ほかの頑張ってる子供たちに申し訳ないでしょ。行儀良くて、常識があって、でも強い、というのが恰好いいじゃないの」姉は十代の頃、そう小野に力説した。

「姉の要求はいつも、難易度が高すぎる」小野は苦笑せざるを得ない。

「でも、その難しいことを君はやってる」

「おかげで、オーエンには甘く見られてるけれど」

「チャンスだよ。油断してるほうが負ける」

「そうかな」

「十年前の君がそれを証明した」

「確かに。でもあの時は、ケリーだって油断してたじゃないか」

「その通り。あれは俺のせいだよ」

「あとは会長の」小野はふざけて言う。

「その通り。でも、嬉しかった。ありがとう」

小野はぼそっと言った松沢ケリーのほうを向く。「何が」

「また呼んでくれて。俺がジムを出たのは」

「再起できない俺が腑甲斐《ふがい》なかったから」

「そうじゃないよ。君が負けたのは、俺のせいでもあった。逃げ出したかったんだ。だから、君が気になっていたけれど、また一緒に世界戦に挑める日が来るなんて思ってもいなかった。呼んでくれてありがとう」

小野は、真正面から感謝の気持ちをぶつけられたことに気恥ずかしくなり、言葉に困る。「いや、単に、世界チャンピオンをやっつけるには、このやり方しか知らないだけだよ」

「やり方？」

「ケリーの教えを守って、真面目に練習する。十年前もそのやり方で勝った。そのパターンしか知らないんだ」

松沢ケリーがどう受け取ったのかは分からぬが、目を細め、「明後日はどうなることやら」と車内に泡の球を浮かべるように洩らした。「とにかく、今回はなりふり構わず、やるしかない」

「なりふり構わず」

「クリンチだって、立派な作戦だ」

「ああ」小野は、クリンチが好きではなかった。もちろんどの選手も、好きでクリンチをするわけではないだろうが、ボクサー同士がリング場で抱き合う体勢で膠着《こうちゃく》状態になるのは、観客からすれば退屈に感じられる。もともとは姉の香澄が、「クリンチって見てていらいらする」と、ボクシングのことを何も知らないがゆえに言っていたのが、頭に植えつけられているのかもしれない。できる限り、クリンチは避けたかった。「そりゃ、必要な時はやるよ」

そうしてくれ、と松沢ケリーがうなずく。

「引退を考えたことは？」先ほどの記者会見でそう質問された。

「いつも」と小野は答えた。「いつも考えてます。二十七歳で世界チャンピオンになった後、すぐにベルトを奪われて、あの時から毎日、引退のことは頭にあります」

あの頃、日本中の誇りとなっていた小野は、その期待を一身に背負っていた。それは光栄なことではあったが、負けた時の反動も強かった。大半は、労いであったり、残念さであったり、次への期待であったり、そういった言葉を投げかけてくれる人だったものの、中には、落胆を強くぶつけてくる者もいた。ジムへの電話や手紙という形で、それはよく届いた。

気にするな、と自分に言い聞かせたが、その負のメッセージは小野を断罪するようで、ボディブロウのようにダメージを与えてきた。

よく覚えているのは、ジム宛ての官製はがきにサインペンで書かれたものだ。「あなたが負けたから、弟が落ち込んでます。期待させないでください」とあり、差出人の欄には、「仙台の公園で会いました」とだけ書かれていた。

誰なのかは見当がついた。あの男子中学生の姉、女子高生の彼女だ。

あの男の子はテレビの前で必死に応援してくれていたのか。もしかしたら、万事順調とは言い難い自分の日々の生活を、小野の試合が爽快に打ち破ってくれるのではないか、と期待していたのかもしれない。

小野がボクシングを始めたのは、当然ながら自分のためだった。正確に言えば、姉に強いられたからだが、それにしても、まさか他人の喜びや苦しみと繋がるものだとは想像しておらず、自分が必死に戦うことで、誰かをがっかりさせるとは、いまだに信じられなかった。

俺だけの問題じゃないのか、どうして？　と呆然とすることも多い。

ボクシングなら、耳がよく聞こえなくてもできる。あの公園で、あの中学生を安易に励ました自分が恥ずかしくて仕方がなかった。無責任にすぎた。

「二年前から調子を取り戻してきたのは何か理由があったんでしょうか」記者会見での質問だ。

子供が生まれたから、と答えても良かった。嘘ではなく、真実のほとんどをそれが説明した。が、あまりにマスコミが喜びそうな答えにも感じ、やめた。

「今までに俺が試合をしてきた対戦相手のことを」小野はぽつりぽつり答えた。それもまた真実だった。「思い出してみたんですよ」

「いったいどういう」

「みんな、たいがい家庭環境に恵まれていなくて、こう言っては何だけれど、ひどい子供時代を過ごしていて」

会場は、笑う者と、笑っていいものかどうか悩みながら笑う者と、無反応の者とがいた。

「自分も似たようなものだったから仲間意識もあるんですけど、ただ、彼らはみんなボクシングに打ち込んで、たぶん縋《すが》るような気持ちだったはずなんですよ。だから、彼らに勝ってきた自分が、凄いところを見せないと申し訳ないな、と」

「それを二年前に？」

「やっと気づいたんですよ。みんな、怒ってるだろうな、と」

今度はほとんどの者が笑った。

最後に一言、と求められた。

オーエン・スコットの答えはこうだった。

「試合会場が日本だと聞いて、はじめは面倒臭いと思った。だいたい、どこにあるのかも分からなかったからね。地図で探しても、見つからないんだ。でも今は感謝してる」

「どうしてですか」

「だって観客のほとんどは、彼を応援して、彼の勝利を期待しているわけだろ。だけど残念ながら、俺が圧勝する。彼の顔はもう、ぼろぼろで無残になるから、それを見て、みんなが悲しくなって、会場が静まり返る。こんなに気持ちいいことがあるか？　永久保存だよ。録画予約してきたから、アメリカに戻ったら何度も観るよ」

記者たちがまたむっとする空気を漂わせる。

小野のほうはこう言った。

「俺の顔はたぶん、ぼろぼろになるだろう。それは認める。ただ、彼の顔も似たようなものにしたいね」

あれは、強気なのか弱気なのか分からない発言だった、と松沢ケリーが言う。

「とにかく、ケリーや会長のためにも、みっともない試合はしないようにするよ」小野はタクシーの窓の外を眺めていた。

「会長もほんと、あっちこっち奔走して頑張ってるからね。でもまあ、基本的には嬉しいんだよ」

「世界戦が？」

「いや、君の復活が。あとは十年前の失敗を取り戻せるのが、かな。あの時は、会長もみんな、浮かれてた。今回は反対に気を引き締めて」

「おかげで、ラウンドガールが見られなくなった」小野は茶化すように言う。

「あれはあれで大変らしいよ。モデル事務所から男を集めてきたのはいいけれど、今度は、ほら、早めに試合が終わってしまうと、出番のないラウンドボーイがいるだろ。二ラウンドずつ、違うモデルが出てくるから。それで、事務所からクレームが来て」

「ああ、それでか」小野は合点がいった。「会長がじっくり様子を見て、後半に仕掛けろ、と言ってた。後半に登場するラウンドボーイのためにかな」

「ありえる」

タクシーが停車した。運転手は明らかに、バックミラー越しに小野のことを見ていた。そして、松沢ケリーを置き、車から降りようとした小野に対し、「負けないでください」と低い声で言った。

不意打ちじみていたが小野は、「はい」と力強く答えた。

マンションは横断歩道を渡れば、すぐ向かい側だ。ほとんど通行車両がない中、歩行者用信号の赤が変わるのをじっと待つ。空はすっかり暗く、星も少ない。信号の点灯が周囲を浮かび上がらせる。小野は歩道に立ちながら、車が前を通るたび、体を揺すり、ワンツーのコンビネーションを試してみる。

背後から小さな音が聞こえたのは、その時だった。路上で演奏でもしているのかと思ったが、そう意識してみると今度は聞こえない。気に掛ける必要などなかったのだろうが、気づけば小野は踵を返し、道路の裏手に足を向けていた。

シャッターの降りた店を背にし、歩道沿いに、占い師じみた男が座っていた。小さなテーブルにノートパソコンが置かれている。スピーカーもついている。さらに、貯金箱があった。すでに客はいないらしく、テーブル前の長髪の男は、瞑想にでも耽《ふけ》るかのように目を閉じている。

小野はゆっくりと近づいた。そうする必要はなく、早くマンションに帰ればいいだろうにふらふらと胡散臭い占い師に歩を向ける自分がおかしかった。

テーブルの上に立札があった。「斉藤さん　一回百円」と記されており、そこで小野はその彼が以前に一度、会ったことのある男、「斉藤さん」であることに気づいた。

美奈子から、斉藤さんがいなくなったと聞いてはいたが、こんなところに移動していたのか、と思った。転々としているのだろうか。

小野はそっと近づくと、気配を察したのか男が目を開いた。その男が瞼を開けば、一斉に閉店のシャッターが開くのではないか、と感じていたのだが、そうはならない。

小銭を探し出し、百円を貯金箱に落とす。それから、「ええと」と話をするために唇を開いたが、すると男は手のひらをすっと向け、「説明不要」とでも言うかのような仕草をするとパソコンのキーを叩いた。

すぐにスピーカーからゆったりとした曲が流れてくる。

『心は何で動くのだろう。心はどうやって鍛えりゃいい。哀しみなんて吹き飛ばせ。もうすぐ君の出番だぜ。もうすぐ君の出番だぜ』

夜の歩道を取り囲む空気をぐるぐると掻き回す歌声は、最後に、『「基準は愛だ」って君の目』と続け、終わった。


――藤間亜美子――


横浜アリーナの中は熱かった。まだうすら寒い日が続く季節であったが、観客席には夏が訪れているかのようで、実際、Tシャツ姿の客も多い。

「今日は、亜美子ちゃん、来てくれてありがとうな」

左に座る織田美緒のさらに隣から織田一真が顔を出し、言ってきた。坊主頭に近いが、頭の中心のラインにだけは頭髪が残っており、控えめなモヒカン、といった髪型をしている。まだ三十七歳という年齢といい、派手なシャツといい、女子高生の娘を持つ父親とは見えない。ましてや、学校内だろうが学校外だろうが、男子からの視線を集めてばかりの織田美緒の父とは思えず、そこが痛快に感じられた。

「こちらこそです。いいんですか、だってチケット全然、手に入らないんですよね」

「いいのいいの、俺のおかげだから」

「待ってよ。お母さんのおかげでしょ」織田美緒がむっとし、言う。

織田美緒の母の高校時代の友人が、ウィンストン小野の結婚相手だった、という情報は、藤間亜美子を驚かせた。急に、ウィンストン小野との距離が近くなったように感じるから、不思議なものだ。

アリーナではなくスタンド席だったが、角度がある分、中央のステージをよく把握できる。リングの上には、巨大なサイコロ状の飾りが吊《つ》られ、その四方にディスプレイが設置され、映像が映し出されている。席を探す人やトイレに行く人、飲み物を買いに行く人の行き来が続く。座っている者もじっとチラシを眺めていたり、隣の者と喋っていたり、携帯をいじくっていたり、とさまざまだが誰もが、開始時間はまだか、と時計を気にかけている。

トイレに立っていた織田一真が、のそのそと戻ってきた。観客席の隙間を縫いながら、自分の座席に戻る。

「あ、お父さん、亜美子はね、十年前の試合も生で観たんだってよ」織田美緒が、織田一真に説明した。

「たぶん、めちゃくちゃお金使ったと思うんですよ。あのチケットを買うの」当時、その試合を生で観戦するのがどれほど困難だったのか分からなかったが、劇団の舞台を観に行くようになり、人気公演のチケットに対する高値のつきかたも把握できるようになった今では、その試合の貴重さから推測するに、父はおそらく月の給料の大半をそれに費やしたのではないか、と見当がついた。

母は、「細かいことを気にしない、そういうところがあの人の駄目な部分だと思うんだよね」と言った。ちょうど前日、やはり、十年前の試合観戦の話になった時だ。

「お母さんは、お父さんのこと嫌いなの？　見るのも嫌だってくらい？」

「そういうんじゃないんだけどね」母は少し困惑した。亜美子が直截《ちょくせつ》的に、そういう質問を投げかけることは稀《まれ》だからだろう。姿勢が良く、痩せ形であるからか、母はいつだってよそよりも若い印象が強かったが、さすがに顔には皺が目立ちはじめている。

「だったらまた一緒に住めばいいんじゃないの」

「何でまた」

「だって、離婚したのに苗字は、藤間のままなんだし」

藤間亜美子が小学校の低学年、それこそウィンストン小野の試合を観た少し後に、父と母は離婚した。別居状態ではあったから大きな変化はなかったが、実際に離婚を言い出したのがどちらなのかは分からなかった。母に訊けば、「あっちが、宙ぶらりんなのは嫌だ、って決めたのよ」と言うが、父から聞いたのは、「お母さんが面倒になったんだよ」との説明だった。

「だから、それは前から言ってるでしょ。苗字が変わると、いろいろ面倒だし、わたしの仕事も亜美子の学校も。説明も面倒でしょ。あとは、わたしの旧姓に戻すと、亜美子と語呂が悪いんだよね」

母の旧姓は地味で、それほど妙ではなかったが、「亜美子」の前に繋がるとバランスが変に感じる部分はあった。が、それでも本当に父に嫌悪感を抱いているのであれば、苗字を使いはしないだろうと思った。少なくとも、別の男性といつか再婚する気があるのならば、前夫の痕跡が名前に残っているのは得策ではない。

「そういえばね」母はそこで話を逸らしたかったのだろう、明らかにとってつけた言い方をした。

「お母さんの会社の本社から、この間まで出張できていた社員がいたんだけれど。二十代の若者、という感じの」

「もしかして、ロマンスが！」藤間亜美子が茶化す。

「そういう話じゃないよ。高校時代、彼の奥さんのクラスにね、いじめっ子というか、まあ意地悪な女の子がいたんだって」

「意地悪はどこにでもあるね」

「その彼も同じクラスだったんだって。それで奥さんと、その時はまだ奥さんじゃないけれど、その子をバンドのライブに誘おうとしたら、意地悪な子に、邪魔されそうになったこともあるみたいで」

「だけど今は、めでたく結婚してるんだから良かったね。いじめっ子は最後に負ける、ってそういう話？」

「というか、高校時代の友人関係って結構、大事だよ、という話。どう？」「どうって何が」「あなたの高校生活は問題なし？」

「それなりに。まあ、合唱コンクールでうまく歌えない男子が、本番は口パクで乗り切るべきかどうか、とかそんなことで議論になるくらいで」

「へえ」と母は眉を上げた。「どうするの。それって難しいよね。本人がどうしたいかが重要だから」

藤間亜美子は、「まあ、どっちでもいいと思うんだよね。人生が変わるわけでもないだろうし」と笑った。「それはさておき、お父さんと縒《よ》りを戻せばいいのに。わたしが東京の大学に行ったら、一人になっちゃうよ」

母は溜息を吐きながら、「わたしたちのことはいいから」と言った。

はいはい、と藤間亜美子は返事をし、自分の部屋に行くために階段を昇りかけたが、そこで母が、「でも、離婚してからのほうがあの人とは、ちょうどいい感じになってるんだよ」と言うのが背中から聞こえた。


「今日は勝ってくれよ」織田一真はいても立ってもいられぬのか手で手を揉みほぐすようにした。そして自分の左にいる、赤の他人に、「勝ってほしいっすね」と話しかけている。

ちょっとやめてよ、と織田美緒が怒るので、藤間亜美子は表情を緩めずにいられない。子供のような父親だな、と思い、以前、織田美緒が、「親になるのに資格試験がない、というのが恐ろしい」と嘆いたのを思い出した。「まあ、そんなことになったら親になれる人が全然いなくて、人類滅びちゃうけどね」

「今日の敵って、強いんですか？」藤間亜美子は体を伸ばし、織田一真に訊ねた。有名なケーキ職人の店に入り、「ここの商品って甘いんですか」と質問するのにも似た愚問だったが、織田一真は気にするでもなく、「亜美子ちゃんに残念なお知らせがあります」と言った。「敵はかなり、強いです」

「即答ですね」

「全盛期のマイクタイソンと同じでさ、ヘビー級なのにやたら速くて、どんなパンチもウィービングでぐいんぐいん躱しちゃうし、どこからパンチが飛んでくるか分からねんだよな」

「全盛期のマイクタイソンを知らない」織田美緒がむすっと言う。

「ウィービングでぐいんぐいんですか。小野さんはどういうタイプなんでしたっけ」

「同じようなスタイルなんだよね、これが。二人ともファイタータイプで、防御が堅くて、スピードがある」

「互角ってことですか」

「いや、戦い方が似てるってだけで、互角ってことにはならない」織田一真は顔を歪めた。「小野っちは歳を食ってるから」

「でも、経験が勝るってこともあるでしょ」

織田美緒は、小野の肩を持つのではなく、ただ父と戦っているだけにも見えた。

「まあなあ。ただ、オーエンは時々、妙なパンチも打ってくるから、経験がどこまで通用するか」

「妙なパンチ？」

「のけぞったり、後ろに下がりながら、重いパンチを打ってきたり。昔、一世を風靡《ふうび》したナジーム・ハメドみたいなさ」

「誰それ。ナハトムジーク？」

「誰だよそれ」

日曜日の昼だった。アメリカで夜のゴールデンタイムに放送ができるように、ということから日本での試合時間が逆算されている、と藤間亜美子は、父から聞いたことがあった。

父は今、テレビでこの試合を観ているのだろうか。もしあの時、小野が防衛に成功していたならば、父の人生には変化があったのだろうか、もしくはわたしの人生に、とぼんやりと考える。

「やっぱり、会場に来ると違うね。どきどきしてきた」織田美緒が独り言のように言った。

「だよな。声を出せば、たぶん届くぜ。小野っちに」

「何て叫べばいいわけ」

「立て、立つんだ！　に決まってるだろ」

「それ、倒れるのが前提みたいで良くないと思う」織田美緒の返事が、見えない拳となり、織田一真の顎を打つ。

現在

――美奈子――

スタジオの大型ディスプレイには、九年前の世界戦の模様が再生されていた。

「この試合は、一ラウンド目から、オーエンとものすごい打ち合いになりましたよね」司会者が小野に言う。

画面に映る上半身裸の男二人は、筋肉の鎧《よろい》を着たまま腕を鋭く動かし、殴り合っている。「三ラウンドくらいまではね、イメージ通りに、いやイメージしていた以上にできていたんです」小野が喋る。

「ちょっとオーエンもびっくりした顔してますよね」映っている映像では、オーエンが顔面に当たったフックに目を白黒させている。

「みんなが力を貸してくれてるんだな、って思ってましたよ、あの時は」

「みんな?」

「周りのみんなはもちろん、今まで戦ってきたボクサーたちが。僕が有名になった途端、あいつは俺の友人だ、といいはじめたような、ありがたい人も含めて。だから、いけるんじゃないか、という感触は、試合がはじまった後のほうがあったんです。オーエンはKO勝ちの試合ばかりだったから、長くても七ラウンドまでにはいつも対戦相手を倒してる。だからそれを超えれば、こっちにも勝機があるんじゃないかとは考えていました」

「その、七ラウンド目ですよね」

「ですね」

美奈子は以前、小野から話してもらったことがある。コーナーの椅子に座り、松沢ケリーの、「いける。次が正念場だ」と言うのを聞きながら、ぼんやりとリングを眺め、そこを「ROUN

Ｄ７」のパネルを持ったラウンドボーイがゆっくりと歩いているのを見て、「ここを乗り切れば、勝てる」と何度も唱えていた、と。「今から思えば、乗り切れば、なんて考え方自体が甘かったんだ」

画面では、その七ラウンド二分を過ぎたところで、オーエンの右フックを顎に受け、倒れる小野が映っている。その映像は九年も前のものであるにもかかわらず、美奈子は自分の内臓がきゅっと縮こまるのを感じる。知らず、手を口に当てていた。

そこからオーエンのラッシュがはじまった。小野はガードを崩さなかったものの、顔をほとんど上げられなかった。いつの間にかロープに追い込まれ、ひたすらパンチを受けた。

「そこからはもう、ぼろぼろでした。よく立っていたと思います。今でも時々、思い出すんですけど、そのラウンドが終わって朦朧としながらコーナーに戻る時、会場に目をやったらアリーナ席の女性がこうやって、手を目のところにやっていたんですよ。見てられなかったんでしょうね。自分が、かなり、みじめにやられてることがそれで分かりました」

九年前

――小野学――

音しか聞こえていなかった。グローブが次々と自分の腕にぶつかってくる。痛みはないが、次々と襲いかかってくるオーエンのパンチが、小野を翻弄するその音だけが響く。

足を使え。

それがリングサイドの松沢ケリーから飛んできた言葉なのか、もしくは自分の頭の中で浮かんだ指示なのかそれも分からない。が、足を動かし、オーエンと距離を取ろうとした。

そこにオーエンのワンツーが入ってきた。汗がリングに落ちるのが見え、自分が下を向いていることに気づいた。

ガードした腕の隙間から、オーエンを見る。オーエンの目は鋭く光っていた。獲物を捕らえた喜びが溢れ、口元には笑いすら浮かんでいる。と思った直後、その、ガードをこじあけてストレートが飛んできた。体を逸らすが景色が転がった。眩しいライトが視界を上から下にぐるっと回ったと思った時には、尻に衝撃があった。

ダウンじゃない。スリップだ。

内心で抗議の声を上げる。レフェリーもスリップだと認めていたらしかった。ゴングが鳴り、小野はコーナーに向かう。足が重かった。

用意された椅子に腰を下ろす。松沢ケリーがすぐさま、自分の前に現われ、マウスピースを外してくれる。

「大丈夫だ。まだ行ける。あっちもきっときつい」

いや、オーエンはまだ余裕あるよ。小野は声には出さず、そう答えながらリング上でボードを翳《かざ》すラウンドボーイを見て、九ラウンド目まで来ていることを改めて知る。七ラウンド目からの記憶がなかった。リングに記憶をぼろぼろ落としてきている気分だ。

最初は調子が良かった。自分だけではなく、いろいろな人のエネルギーが力を与えてくれている、と感じるほどだった。それもガス切れか。みんなもっとペースを考えて、力を貸してくれれば良かったのにな。

「小野、いいか。まだ動けるだろ。どこかで一度、右を入れておけ。ボディを集中して叩いて、ガードを下げさせて右だ。さんざん練習したやつだ」

練習、という言葉が頭に浮かぶ。確かに、さんざんやった。もう二度とごめん、と言いたいほど、やった。

ゴングが鳴り、小野は飛び出す。

体は重くなっている。前から向かってくるオーエンは、こちらの分まで身軽になっているのではないか。両手のグローブ同士を叩き、威勢がいい。

ワンツーを打ってくる。ガードしたもののその一打一打が少しずつ、こちらを消耗させる。

小野もワンツーを返す。相手が一歩踏み出し、ストレートを打つが小野の体はそれに合わせ、頭で円を描くようにし、避けた。さらにジャブを入れる。オーエンが後ろに下がったが、そのステップにはまだ余力が感じられる。

行け。小野はガードを固めながら、オーエンを追う。会場で歓声が沸くのが分かったが、ロープ際で小野が繰り出したパンチがオーエンに躱されると、だんだんと客も静かになる。

いつの間にか小野のほうがロープを背負っている。まずい、と思った時にはパンチが飛んできた。ヘッドスリップで避け、右の腕を振る。相手の体に当たるのが分かる。小野は止まらず、それは練習で何百回と繰り返してきた動作であるから、止めるに止められない自動的なコンビネーションだったが、右のアッパーを相手の顔面に向けて突き出す。

当たれ。

祈るような思いを込めた右のグローブが、オーエンの顔面の脇に抜けるのが、ゆっくりと見えた。くそ、と罵りたくなったがそこで、オーエンの左ジャブが、小野の視界を叩いてくる。あっという間にオーエンが、自分の前に入り込み、ボディに三発のパンチを打ってきた。よろけながらも避ける。足がもつれ、リング場で酔っぱらいじみた歩き方で移動したが、両足で踏ん張ることができた。会場の空気には、悲鳴がまじりはじめている。

構え直し、オーエンと向き合う。

オーエンも呼吸は荒くなっていた。

次だ。次に相手が右を打ってきたら。と決めた。自分がどういう体勢だろうと絶対に、パンチを打つ。そう決めなければ、自分がためらうのが予想できたからだ。

ジャブを打ったオーエンが体を捻る。右が来る、と察知した小野は足を踏み込み、右フックでまた相手の横腹を狙う。オーエンがガードを下げたため、グローブはその腕に当たるが、さらにもう一度足を踏ん張り、右で顔面を狙う。

ばちんという感触が小野の体を駆ける。歓声が爆発し、オーエンが後ろにのけぞるのが見える。

ここだ。

ここが正念場で、すべての力を出し切るべきだと小野は察した。

前に足を出し、ワンツーから左フック、右ストレート、左フックと体が勝手に動くのに任せ、コンビネーションを出す。オーエンの体に当たっている。ガード越しではあるが、その、ぶつかった手応えが小野を後押しする。オーエンもすぐに応戦してきた。

もはや、相手のパンチが見えているという状況ではなく、二人で、体に染みついたパンチの連動パターンをひたすら披露し合うような状態で、その打ち合いが観客を高揚させるのか、広い会場がどよめき、リングを持ち上げてくる感覚すらあった。

ストレートが敵の顔面に当たる。よし、と小野は前に飛び出す。当たれ、当たれ、と祈る思いでパンチを出す。オーエンは顔を歪めている。焦っているのか。

鳴るなよゴング、と小野は思わずにいられなかった。

ここで倒さなくては、次に自分の体力が残っているとは思いにくかった。

コーナーに座ったまま、自分の体重を膝で持ち上げることができない姿が思い浮かぶ。パンチを放つたび、体で起こした電力が次々、消費されていく。エネルギーはもはや出ていく一方だが、出し切るしかない。

渾身《こんしん》の右アッパーを、オーエンの顎が避けた瞬間、体が急に重くなった。

まずい、という思いが頭を満たす。小野は慌てて、オーエンに近づく。クリンチだ。ここは何があっても、時間を稼がなくてはいけない。

ゴングが鳴れ、とも思った。

が、オーエンは一歩後ろに下がり、そして下がると同時に左を打ってきた。変則的なタイミングで飛んだパンチは、小野を驚かせた。そして、驚きの隙を突かれた。グローブが視界一杯に出現した。頭の中が光り、後ろに倒れる。リングに背中がぶつかり、その衝撃とともに自分の内側にあった火が消えた。

もともと残り火のようなもので動いていた体が、完全に、煙しか出なくなったのを感じた。意識が戻った時、はじめに聞こえたのは松沢ケリーの声だった。「立て」とひたすら叫んでいる。観客からも、自分の名前を呼ぶ合唱じみた声が聞こえ、それはどこか音楽のように小野の頭に響き、そこからふいに一昨日、自宅近くで聞いた、「斉藤さん」の曲が静かに流れ出した。夜の、小さな歌が、音楽が小野を揺り動かすかのようだ。

右腕に力を込める。背中はリングに張り付いたまま剝がれないのではないか。そう怖かったが起こすことができた。

「そうだ、立て」松沢ケリーが後ろから声を嗄《か》らしている。

小野は膝を立て、踏ん張る。すぐ目の前でレフェリーが指を一本ずつ折りながら、カウントしている。

起き上がった時、オーエンが見えた。てっきり、笑みの一つでも浮かべているのかと思えば、肩で息をしながら真剣な面持ちだった。

観客の声は喜びよりも、悲しみのほうが多くまざっている。

ゴングが鳴った。やっと、と思った。ほとんど他人の体を引っ張るような思いで、コーナーに戻り、椅子に座る。

「よし、よく立った。偉いぞ。よくやった。オーエンもぎりぎりだ。まだチャンスはある」松沢ケリーが、小野の体を拭きながら言う。

「チャンス」小野は口に出したかった。そんなものが本当にあるのだろうか。

まだこれが五年前であれば、あと三ラウンド戦うスタミナが残っていたかもしれない。体全体が肺になったかの如く、大きく肩で息をする。ボクシングのインターバルが一分だと誰が決めたんだ。三日くらいくれてもいいじゃないか。

小野はぶつぶつと頭に浮かぶ自分の思いを、別の人間の愚痴のように聞く。

「大丈夫か？」松沢ケリーが訊ねてきたが、小野はそれに答えなかった。

問われていることは分かったが、答える余裕がなかった。

腕が重かった。次のゴングで立てるかどうかそれすら自信が持てず、前を見れば対角線上にオーエンがいる。トレーナーから檄《げき》を飛ばされ、うなずくのを見て、あいつには首を動かす力は残っているのだな、と思った。

「いけるか」松沢ケリーの声が届くが、小野は反応できない。

またあのリングに戻るのか。

ラウンドボーイがゆっくりと、「ROUND10」のボードを持ち、歩いているのが目に入る。

颯爽とした長身のそのモデルは、軽やかな足取りで、満身創痍《そうい》のこちらをあざ笑うかのようだ。

恨めしさまじりに眺めていると、横からは松沢ケリーが、「おい、小野」と呼んでいた。

その時にラウンドボーイがリングの上で立ち止まるのが、見えた。

ラウンドボーイは、小野に真正面から向き合ったかと思うと、ボードから右手を離す。そしてその右手で、自らの左肩を叩き、それから右肩を叩いた。

小野は顔を起こした。

あ、と心の中で声を上げている。その仕草に見覚えがあったからだ。ずっと昔に、と頭の回路が動きはじめたところで、それが、「大丈夫」のサインだと気づいた。左肩と右肩を順番に触る。

大丈夫か？　と問われているのか。

ラウンドボーイの顔を見れば、その彼はひどく怒った目をし、小野を睨み付けていた。

大丈夫ですか？　と心配するのではなく、まさかそれでおしまいではないだろう、と怒っている。

小野は、彼から目を離すことができなかった。その顔が記憶の中のものと合致した時、ラウンドボーイは両手でボードをもう一度、掲げ、顔を真っ赤にした。いったい何をしようというのか、と眉を顰《ひそ》めたくなった直後、彼の雄叫《おたけ》びじみた短い叫びとともに、そのボードが真っ二つに割れた。持ち上げたまま、力を込め、折るようにして破壊したのだ。

場内が騒然とし、ラウンドボーイのもとにレフェリーが駆け寄った。別のスタッフもリングに上がり、彼を連れ去っていく。

小野の体に、その肚の下から湧き上がったのは、おかしみ以上に、岩漿《がんしょう》にも似た熱さだった。

ゴングが鳴るより先に立ち上がった。

リング下に目をやれば、羽交い絞めにされ、引きずられながらもラウンドボーイがこちらを気にしており、だから小野は右のグラブで肩を、左、右、と叩いた。

まだ、小野の体内で、動く資源が残っていたことにオーエンは驚いていたが、もっと驚いていたのは小野のほうだった。

ここで終わったら、と思っていた。ここで終わったら、十年前と同じだ。

体は重かったが、先ほどよりはよほど動く。オーエンのパンチも明らかに速度が落ちていた。

判定に持ち込まれれば、負けるのは明らかだった。

ダウンを、ダウンを取らなくてはいけない。

小野の左フックがオーエンの横顔を殴ったのは、最終十二ラウンドの終了ゴングとほぼ同時だった。オーエンの体は飛ぶように、マット上にひっくり返った。

現在

——美奈子——


「あれは」司会者が言った。「あれはいったい何だったんですか」

「ぎりぎり間に合わなかったんですよね。ゴングの後だったから。同時だったら」

あの時、テレビを観ていた美奈子は、そのダウンの場面を観て、祈る形で組んでいた両手を思いきり上に伸ばし、声にならぬ声を叫んでいた。あまりの歓喜に、横でおもちゃをいじっていた息子が泣いたが、美奈子は構わず、「パパやったよ」と言った。マット上に仰向けになったオーエンは立つ兆しがまったくなかった。リングサイドで、オーエン側のスタッフが騒いでいたが、それも敗北したことへの狼狽だろうと気にせず、美奈子はただ体を走り抜ける勝利の興奮に、酔っぱらうような感覚だった。

「え、何、どういうこと」と美奈子がテレビに向かい、話しかけることになるのは、その後だ。ベルトの授与や小野のインタビューがなかなか始まらず、リング上ではレフェリーやオーエン側のスタッフ、プロモーターと思しき者たちが話をしていた。リングアナウンサーと解説者も明らかに困惑していた。小野の最後の、左フックの場面が繰り返し、放送される。どうやら、チャンピオン側が、「小野のパンチはゴングの直後で、無効だ」と主張していることが分かった。

「今から観ても、あれって際どいですよね。ゴングの後だと言われればそうかもしれないですけど、ゴングと同時と言えば同時にも見えますし」司会者は言う。「あの時、小野さんはどう思っていたんですか」

そのことは美奈子も、小野に直接、訊いたことがあった。日本中の観戦者が、おそらくアメリカをはじめ世界中の観戦者が、「納得がいかない！」とそれぞれの母国語で嘆いていたに違いなく、その時、当の小野は何を考えていたのか。

「こう言ったら申し訳ないんですけど」小野は弱々しく笑った。「どっちでもいいなと思っていました」

スタジオがまた笑いで覆われ、空気が軽くなった。

「もう、体力も何もかもぎりぎりだったし、あそこで倒せたことで満足でした。達成感はあったし」

またまた恰好つけて、と美奈子は笑いをこらえる。当時はそれこそ、録画映像を何度も、スローモーションで繰り返し観て、「絶対、ゴングと同時だよ。どういうことだ」と騒ぎ続けた。美奈子はもちろん、ジムの後輩にも一緒に録画映像を観ることを強要し、「ほらー、絶対、俺の勝ちだったんだよ」と子供のように主張した。はじめは同情的で、義憤に駆られていた後輩たちも、あまりの小野のしつこさに、「小野さん、そのうちいいことありますよ」とあしらうようなことを言いはじめ、美奈子も、「もう、どっちでもいいや」と思うに至ったのが正確なところだ。

「いやあ、あの決着はいまだに許せないですよ」司会者は憤慨し、鼻の穴を大きくする。「あ、でも、さっき僕が訊いたのは、そのゴングのことじゃないんです。あの時、ラウンドボーイが何かやったじゃないですか。二ラウンドごとに別のモデルが出てきましたけど、あの十ラウンド目の彼が」

「ボードを割った」小野は目を細める。

「あれは何だったんですか」司会者はもう一度、言った。あの試合の後ももちろん、その疑問はあちらこちらから飛んできた。が、それ以上に、オーエンのノックダウンがゴングの前か後か、の論争のほうが話題をさらっていたため、それほどしつこい取材はなかったと美奈子は記憶している。

「いやあ、何だったんでしょうね」こういう時の小野は、嘘をつくのが下手だ。美奈子はそう思い、どぎまぎした。

「今回、番組では、あのラウンドボーイがどうなったのかちょっと調べてみたんですよ」司会者が観覧席を見渡すようにした。「当時はまだ駆け出しの、ファッション誌のモデルを時々やっている感じだったんですけど」

小野はその間、下を向いている。

「国外で活躍するモデルになっているんですよ。今も現役らしいんですけど。小野さん、知ってましたか？」

「知りませんでした」またしても目が泳いでいる。

「あれがきっかけで、注目されたんですかね」

「そういうんじゃないですよ。彼の実力なんでしょう。それに」

それに、の後は言葉を濁していたが、彼が何を言おうとしたのか、美奈子には分かった。「別に、特別な仕事に就けたから偉いわけじゃない」と続けたかったのだろう。

「でも、人生では何が転機になるか分からないですから」司会者はそこで急に、しみじみとした言い方になった。そして誰に問われたわけでもないのに、かくいう僕も高校時代の合唱コンクールで、と喋りはじめた。

音痴だったので先生に歌うなと言われたんですよね。当時の僕はもう、自己主張とかぜんぜんできなかったんですけど、同級生が画策して、口パクでもいいけど、その前におまえの出番を作る、とか言って、合唱の前に漫才をやらされたんです。正直なところ、こっちからすればいい迷惑ですよ。目立ちたくないのに、勝手に向こうは盛り上がって。だけど、同級生が一緒に、漫才のネタを考えて練習してくれて。友達もいなかったので、どきどきしたんですけど、それがすごく嬉しくて。しかも意外に受けたんですよ。

「その話、長いの？」別の出演者が訊ねたところで、美奈子は笑った。小野も大きな体を揺すっている。

あとがき

この本の中に入っている最初の二編については、執筆のきっかけが少し特殊でした。まず一つ目の短編「アイネクライネ」は、ミュージシャン、斉藤和義さんから、「恋愛をテーマにしたアルバムを作るので、『出会い』にあたる曲の歌詞を書いてくれないか」と依頼をもらったのがはじまりです。「作詞はできないので小説を書くことならば」というお返事をし、そうしてできあがったのがこの短編なのですが、正直なことを言えば僕は、（小説でも映画でも漫画でも）「恋愛もの」と分類されるものにはあまり興味がないため、普通であれば、引き受けるのにも相当、悩んだと思います。ただ、僕は斉藤和義さんの大ファンでしたから、一緒に仕事ができるチャンスを逃したくなく、必死でした。恋愛物が苦手だからといって変化球のような形で作品を書くのもずるい気がしますし、どうにかこうにか、自分でも楽しめるような「出会い」に関する話を考えた記憶があります。結果、この短編の文章を使う形で、斉藤和義さんが、『ベリーベリーストロング〜アイネクライネ〜』なる曲を作ってくれました。

次の短編「ライトヘビー」は、『ベリーベリーストロング〜アイネクライネ〜』がシングルカットされることになり、その初回限定盤の付録用に書き下ろしたものです。せっかくですから、こういった共同作業でしかできないことをやりたいと思い、考えついたのが、斉藤和義さんの過去の曲から歌詞を引用することでした。普段の小説の中では、現役ミュージシャンの引用はなかなかやりにくいし、やりたくないのですが、こういう場であればむしろやるべきではないか、と思ったのです。とはいえ、それだけでは単なる企画物、内輪受けの印象が強くなってしまいますから、内容についても驚きのあるものにしようと四苦八苦しました。結果的には、今まで書いてきた短編の中でも、かなりお気に入りの一つとなりました。

それ以降「アイネクライネ」「ライトヘビー」から膨らんできた話をいくつか書き溜め、できあがったのがこの本です。成り立ちがそうであったため、収録している短編の大半が恋愛にまつわる話となり、個人的にはどこかくすぐったい気持ちもあるのですが、裏を返すと、僕の書く話にしては珍しく、泥棒や強盗、殺し屋や超能力、恐ろしい犯人、特徴的な人物や奇妙な設定、そういったものがほとんど出てこない本になりました（今までの大半の本に、そういった要素が入っていることもいかがなものかとは思いますが）。ですから、普段の僕の本に抵抗がある人にも楽しんでもらいやすくなったのではないか、そうであってほしい、と期待しています。

ライターの友清哲さんには、収録されている短編のアイディアについて、ヒントとなる話を提供してもらった上に、ボクシングについて書いた箇所のチェックまでしてもらいました。また、友人の白勢彰君には広告に関する話を聞かせてもらいました。どうもありがとうございます。

表紙のイラストはミュージシャンのTOMOVSKYさんが描いてくれました。「可愛さ」と「苦笑い」と「おかしみ」がまじっているTOMOVSKYさんの曲たちは、「悲観的な中で楽観的な話をしたい」という僕が描きたい世界とすごく繋がっているような気がして、聴くたびにいつも嬉しくなります。引き受けてもらえて、本当に感謝しています。

初　出

アイネクライネ	「パピルス」2007年４月号　vol. 11
ライトヘビー	斉藤和義シングル 「君は僕のなにを好きになったんだろう」初回版特典
ドクメンタ	「GINGER L.」2011年春号　vol. 2
ルックスライク	「パピルス」2013年２月号　vol. 46
メイクアップ	「パピルス」2014年２月号　vol. 52
ナハトムジーク	書き下ろし

JASRAC　出 1409020-210

〈著者紹介〉
伊坂幸太郎　1971年千葉県生まれ。2000年『オーデュボンの祈り』で、第5回新潮ミステリー倶楽部賞を受賞しデビュー。04年『アヒルと鴨のコインロッカー』で第25回吉川英治文学新人賞、『死神の精度』で第57回日本推理作家協会賞短編部門を受賞。08年『ゴールデンスランバー』で第5回本屋大賞と第21回山本周五郎賞を受賞する。他の著書に『死神の浮力』『ガソリン生活』『残り全部バケーション』『夜の国のクーパー』『首折り男のための協奏曲』などがある。

アイネクライネナハトムジーク
2014年9月25日　第1刷発行
2022年9月30日　第10刷発行

GENTOSHA

著　者　伊坂幸太郎
発行者　見城 徹

発行所　株式会社 幻冬舎
〒151-0051 東京都渋谷区千駄ヶ谷4-9-7

電話:03(5411)6211(編集)
03(5411)6222(営業)
公式HP：https://www.gentosha.co.jp/
印刷・製本所:中央精版印刷株式会社

検印廃止

Printed in Japan
ISBN978-4-344-02629-2 C0093

この本に関するご意見・ご感想は、
下記アンケートフォームからお寄せください。
https://www.gentosha.co.jp/e/